公元787年,唐封疆大吏马总集诸子精华,编著成《意林》一书6卷,流传至今

意林: 始于公元787年,距今1200余年

意林轻文库

青春最美,梦想出发
中国式好看轻小说优鲜品牌

意林轻文库 | 恋之水晶系列 037

指尖花凉
忆成殇 III

梅吉 著
MEI JI WORKS

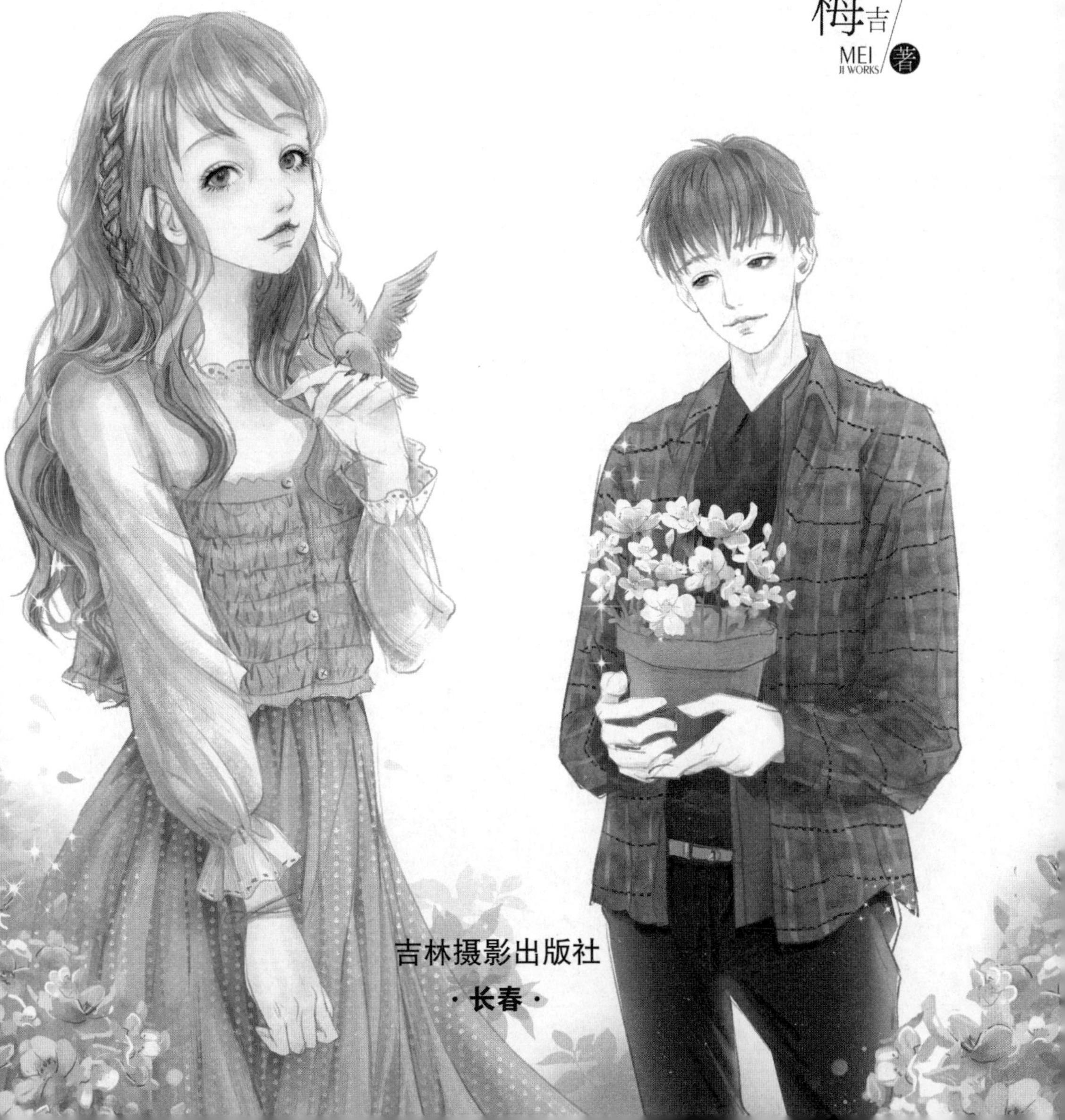

吉林摄影出版社
· 长春 ·

图书在版编目（CIP）数据

指尖花凉忆成殇. Ⅲ / 梅吉著. -- 长春：吉林摄影出版社，2018.9
（意林·轻文库. 恋之水晶系列）
ISBN 978-7-5498-3762-5

Ⅰ. ①指… Ⅱ. ①梅… Ⅲ. ①长篇小说—中国—当代 Ⅳ. ①I247.5

中国版本图书馆CIP数据核字(2018)第208036号

指尖花凉忆成殇 Ⅲ
Zhijian Hualiang Yi Cheng Shang Ⅲ

著　　者	梅　吉
出 版 人	孙洪军
总 策 划	安　雅　张　星
责任编辑	施　岚　胡晓路
图书统筹	蓝曦悦
特约编辑	丁　旭
绘　　图	E.Pcat
书籍装帧	胡静梅
美术编辑	张云丽
开　　本	700mm×1000mm　1/16
字　　数	300千字
印　　张	13
版　　次	2018年9月第1版
印　　次	2018年9月第1次印刷

出　　版	吉林摄影出版社
发　　行	吉林摄影出版社
地　　址	长春市泰来街1825号 邮编：130062
电　　话	总编办：0431-86012616 发行科：0431-86012602
网　　址	www.jlsycbs.net
经　　销	全国各地新华书店
印　　刷	天津中印联印务有限公司

书　　号　ISBN 978-7-5498-3762-5　　　　　定价：25.80元

版权所有　侵权必究
如发现印装质量问题，请与印务部联系，联系电话：010-51908584

Contents 目录

第 1 章	逃不开的曾经	001
第 2 章	有些告别身不由己	023
第 3 章	开启一段新旅程	045
第 4 章	醒不来的噩梦	063
第 5 章	你始终在我心上	079
第 6 章	越陷越深	095
第 7 章	请你不要再来打扰	117
第 8 章	风波乍起	133
第 9 章	坠入茫茫深渊	151
第 10 章	念念不忘的信仰	167
第 11 章	我会一直等	183

Zhijian　Hualiang　Yi　Cheng　Shang Ⅲ

Zhijian Hualiang Yi Cheng Shang III

第 1 章
逃不开的曾经

苏瑾端起办公桌上的杯子,喝了一口已经冷透的咖啡,这才察觉已经是凌晨两点钟。

她起身走到落地窗前静静凝睇着外面的世界,那些高楼大厦上闪烁的霓虹交汇成一种奇异的光芒,将墨色的天空衬托得更加深邃悠远,这样静谧的时刻不经意地拨动了苏瑾心里一根名叫思念的弦,让她不由得想起了槐树街,还有槐树街的那些过往。

她跟顾峥分开已经整整一年了,离开的时候她觉得自己已经做好了决定,可这一年来她无数次地生出过后悔的情绪,原来她一直自以为是的坚定其实都是虚张声势。和顾峥的感情,从来都是她心里最脆弱的部分。

但她太害怕顾峥为她不顾一切了,有时候闭上眼睛想起他为救她纵身一跃的情景,她的心依然会怦怦狂跳,那种痛楚排山倒海地涌过来,让她想要联系顾峥的心又变得迟疑起来。她害怕被束缚,也怕不能给予顾峥相同的爱,所以这一年来,她想念顾峥,却从未主动联系过他。

有时候想,她性格里的理智和冷静,其实是种负累,想得太多,反而缺少奋不顾身的勇气了。

顾峥有时会给她邮寄明信片,秘书琳达转交的时候满眼都是八卦,可她只是将明信片收进抽屉里,等到独处的时候才会静静地一遍又一遍地翻阅。

顾峥的字她早就熟悉了,龙飞凤舞,刚劲有力,最后的署名都是"峥"。

"峥……"有时候她反复念着这个字,唇边会不由得溢出笑容来。鲁莽又冲动的少年,温暖又美好的男子,这十年来,他们哭过、笑过、闹过、吵过……可在她心里,始终只有他。

手机的振动声在这寂静的时刻突兀地传来,令苏瑾的情绪一紧,疾步上前接起电话。

上司Jacob(雅各布)的声音沉沉地传来:"Sophie(苏菲),从现在起你开始放假,最好能去旅行一趟。Mr.周在家里自杀了,他是我们的大客户,消息一传出来,作为他财务顾问的你必定会受到很大牵连。"

苏瑾难以置信地追问:"Mr.周,周礼恒老先生?"

"刚刚得到的消息,已经确认抢救无效死亡。"

"什么?"苏瑾失声喊出来,"我前几天还跟他一起喝茶!"

"Sophie,你将他的财务报表整理出来,剩下的事交给公司处理。"

等听到"砰"一声响,苏瑾这才惊觉她不慎将杯子拂到地上,蹲下身想要去捡拾碎片,结果好一会儿都站不起来,手脚发软,嘴唇发抖,眼泪涌了出来。

"怎么会发生这种事?"

"因为他和一些政客有来往,所以他的死就变得敏感起来,我们KPCB作为他的财务公司必然会被牵扯进去。Sophie,你要记住,不管媒体问你什么,都要回答不知道……"

他还在说着什么,但苏瑾已经一个字都听不清楚了。

其实这种自杀事件在华尔街时有发生,这里就是一个创造神话和奇迹的地方,也是另外一些人走向灭亡的炼狱,每一天都会有人成为百万富翁甚至千万富翁,更会有人沦落为乞丐,负债累累。

苏瑾见过太多人对财富的极度贪婪,她自己反而心静如水。年少时她最想拥有的就是一个属于自己的房间,阳光充足,清风拂面,现在这一切都实现了,可她好像并没有想象中那么愉悦。

有时候想,她活得这么独立倔强是为什么呢?不想依附,不想停滞,努力也只是一种惯性使然,想要把每一件事都做到最好,这样的性格令她累,却也让她有了成就感。就好像她所做的每一件事都是在证明,那个在阁楼里无助哭泣的女孩终于可以掌握自己的命运了。

认识周老先生的时候苏瑾刚调回KPCB总部,没有人脉,没有资源,手里一个客户都没有。她不急不躁,从小客户做起,对每一个单子都尽心尽力。

周礼恒是苏瑾接触的第一个大客户,因为之前的理财顾问替他做的几笔投资都是亏损的,他看过苏瑾的资料后,决定换她做理财顾问。周老先生是华侨,二十出头就来美国打拼,半个世纪过去,不仅在华人中赫赫有名,也是美国知名人物,产业投资涉及方方面面,资产可谓非常雄厚。他为人低调,又特别谨慎多疑,所以并不好相处。苏瑾接手的时候就已经了解过他之前的投资经历和习惯,他只做短线投资,股票、基金、期货等,在一个高点就抛出,绝不恋战,也不贪婪,所以他才能积累出这么多的财富。

起初他也只是抱着试试的心态让苏瑾替她打理几只长线基金,但是苏瑾不动声色地给他一些投资建议后,却让他每一次都赚得盆满钵满。

"苏小姐,你是有什么内幕消息吧?"

"如果有内幕,那我就自己买了。"

"但你怎会知道这只股票会在哪个点涨停?如果是我,看形势这么大好,一定会再等等。"

"只是运气好而已。"

第1章 逃不开的宿经

周礼恒哈哈大笑起来，他当然知道苏瑾是谦虚，投资这种事怎么可能靠运气？除了专业知识、对数字的敏锐捕捉，还要对股市大盘进行各种分析。

苏瑾资历虽浅，功力却非常老到，加之她处事沉稳淡然，周老先生对她可谓赞誉有加。他邀请苏瑾去家里做客，甚至一度想把自己的独孙周麒介绍给苏瑾，结果被她婉言拒绝了。

因为周礼恒对苏瑾的信任，这大半年来，他把自己大部分的资产都交给苏瑾打理，并且还介绍了很多熟人朋友成为她的客户，苏瑾这才在公司崭露头角，获得很好的口碑。

就在一个月前，周礼恒突然提出要把资产全部提现，股票基金统统抛掉，苏瑾很惊讶地问他是不是遇到了麻烦。

周老先生压低声音，得意地对她说："是好事。"

原来他老朋友拉他一起去投资非洲一个矿区，并保证一年后矿石开采出来他们都会成为超级富豪。

苏瑾一怔，又详细问了一些关于矿区地点以及开矿资质等情况。

"因为是跟当地政府有关系才能拿下这个项目，一旦开采出来，那我们周家几辈子都不愁了！"

"可是要投这么大一笔资金还是应该先了解清楚。"

"我已经找人查过，也实地勘察了，该矿脉出产质量优良并且硕大的钻石，有几颗钻石在世界上也是赫赫有名。"周礼恒满脸笑容，"能搭上这条线，真是多亏了我这位老朋友。"

苏瑾回头去查了一下周老先生说的那个矿脉，总觉得有些不妥，可当她把顾虑提出来的时候，周老先生却有些不高兴："我知道一下清仓会令你损失很多佣金，但机会难得，我是不会错过的。"

"您误会了，周老先生，我查过矿脉所属的国家，他们现在对涉外的钻石政策不明朗，并且政府有意将钻石矿企合并……"苏瑾将查到的资料一一摆给周老先生看。

"资质这边我已经核实过，而且这家矿企很少找合作伙伴，要不是有关系，有钱也难介入。"

苏瑾再三劝说，可周老先生就是执意要清仓套现，苏瑾只能替他筹集所有的现金。

可是这才过去一个月的时间，周老先生竟然在家烧炭自杀，苏瑾难以置信。

那几日，媒体铺天盖地追踪着周礼恒的一切新闻，想尽办法采访他身边的人，作为他的理财顾问的苏瑾更是处在风口浪尖，但她还是想在周老先生的葬礼上送他最后一程。

礼堂外已经被媒体层层包围，苏瑾刚一出现就引起了媒体的围攻。

"请问周先生是跟HTN公司并购贿赂案有关吗？"

"他之前抛售大量资产是要为了支持闵议员连任吗？"

"听说他的死跟洗黑钱组织有关，你是不知情还是帮凶？"

……

闪光灯啪啪直闪，晃得苏瑾一阵眩晕，这些问题让她觉得匪夷所思。其实她也不知道周老先生为什么会自杀，本想私下去拜见周太太，却被拒之门外。

此刻苏瑾被围困在中间，突然一个男人扶住她的肩膀，将她带出媒体的包围圈，苏瑾微微仰头，原来是周老先生的孙子周麒。他们之前有过一面之缘。

周麒看到外面突然喧闹起来，转眼望过去才发现原来是苏瑾来了，她穿着一件宽松的灰色衬衣，布料略带一些丝绸的光泽，让她更显端庄雅致。初次见她时觉得她不好亲近，是那种太独立又很有事业心的女强人，而他更喜欢开朗明媚的女生，对于爷爷的有意撮合也只是假意附和。

不过苏瑾对他客气的样子倒让他有几分受伤，他是世界名校毕业，家境优渥，长相帅气，再怎么说她也应该表现出对他有点儿兴趣吧？可她竟然完全忽略了他。

把苏瑾带到大厅后，周麒面色肃穆道："如今外面传言很多，各种关系都敏感脆弱，你这时候来不怕惹上麻烦？"

"究竟发生了什么？周老先生一生再大的风浪也挺过来了……"

周麒面色沉重，欲言又止，半晌后说："这件事牵涉太复杂，你不知道反倒安全。只是因为突然抛售太多资产引得外界敏感，所以你恐怕要承受很大压力。"

"请不妨直言，是因为矿企的事？"

周麒面露骇色，身体一滞，又警觉地朝周围看了一下，压低声音道："这件事关系重大，还请苏小姐不要对媒体提及。"

"如果只是投资失败，按周老先生的个性不至于做出这样的选择。"苏瑾总觉得这事背后另有隐情，周家的人对此讳莫如深，就连媒体揣测的各种流言都没有出面澄清。

周麒还在斟酌思考到底要不要对苏瑾说实话，虽然爷爷生前常常提及苏瑾，对她颇为信任，但此事太重要，如果苏瑾不慎将真相透露，她也会有危险，所以周麒在犹豫一番后对苏瑾说："如果媒体追问，你只说不知情，过些日子自然就会淡去。"

苏瑾不再追问，心里隐约担心，周家必定是惹上很大的麻烦，大到连周老先生也无法圆满解决。

从葬礼回来的路上，苏瑾想起之前查的矿企资料还留在公司，决定回去一趟。

开车经过一个路口，苏瑾把车停到路边想要接个电话时，她敏锐地从后视镜里看到一辆黑色的凯迪拉克原本可以超过她，却缓缓停在了她后面，这种异常情况令她警惕起来，不由得关注起那辆车，等她再过三个路口这辆车依然跟着她，她想难道是媒体为了新闻，所以才跟踪她？

苏瑾在街上绕了几圈，然后把车停在人流量大的繁华路段，下车后迅速拦了一辆出租车，终于摆脱了跟在她身后的尾巴。

谁知到公司楼下时，仍旧有大批记者蹲守。

苏瑾戴上墨镜准备从侧门进入，刚到门口就被同事杨晏然一把揽进怀里，低声说："别出声。"

苏瑾莫名被他拥住低头走向安全通道，用眼角余光一扫，才发现几名警察从旁边经过，楼下驻扎的记者看到警察一窝蜂拥了上去。

苏瑾惊得微微启唇，她没有想到这件事竟然影响这么大，连警察也来公司调查，再想想周家人的态度，更是心生疑问。

"警察要求查看周先生的财务报表，还要把你的电脑带回去，Jacob和他们周旋说涉及很多商业机密，再加上你本人不在，所以他们这一次才作罢，我估计还会来的。"杨晏然松口气，"刚打电话没有联系上你，Jacob怕你这时回公司，叮嘱我在这里拦住你，万幸。"

"警察不是已经证实是自杀？"

"他突然抛售那么多股票债券没有跟你说做何用？"

苏瑾下意识地摇摇头："他并没有向我提及。"

杨晏然望着苏瑾的眼睛，并不相信她说的是实话。他们同事已经一年，KPCB的中国职员很少，能进入该公司的都是能力卓越的精英。还记得第一次见到苏瑾，是在电梯门口，当他抱着一沓资料冲到即将合上的电梯前时，是苏瑾替他重新摁开电梯。他问她是不是中国人，得到肯定答复时心下对她多了几分亲近，她指了指他的皮鞋，示意鞋带散开了。见他两手不空，苏瑾好心地蹲下去替他系好了鞋带。

那一刻他一怔，微妙的情愫在心里滋生。

他虽然年纪比苏瑾大三岁，但在KPCB才工作一年，之前零零散散做过几份工作，有西餐厅大堂经理、旅行社导游、高中老师……其实他自己也不清楚他到底喜欢什么，却不愿意从事跟父亲一样的行业——他曾经是很有名的投资理财师，后来却一败涂地，一度非常颓废，令母亲伤心落泪。他想要跟他走不同的路，可兜兜转转发现自己竟一事无成。最后只得听从父亲的安排，进了KPCB。

他原以为金融会很枯燥，已经做好了再一次失败的准备，没想到工作上手后却渐渐顺利起来，看来他最终还是继承了父亲在这一行上的天赋，随着工作的深入，对数据分析也很有自己的一套。

因为学历资历的缘故，杨晏然目前只能是理财顾问Riley（赖利）的助理，Riley脾气暴躁又要求苛刻，做他的下属每天苦不堪言，可杨晏然相信，自己会有出头的那一天。这个公司是没有人情味的，你当红就众人捧，你失败就大家踩，所以苏瑾这小小的善意打动了他。

后来知道苏瑾的职位在他之上，再加上她对他总是客气礼貌，言辞之间都是公事公办的疏远，他对她的那些好感也就隐匿在心里了。

这次苏瑾的客户出事，杨晏然很紧张，特别是获悉警察会来，他抢先赶到她办公室想替她收拾资料，没想到遇到Jacob让他去拦住苏瑾。

"那个，"杨晏然认真地说，"遇到任何事都可以找我……因为我们都是中国人。"

"谢谢。"

"Jacob并不可信。"

"什么？"

"我去你办公室的时候他正从里面出来。"

苏瑾不解地望着他。

"别误会，我本来想把你电脑藏起来，万一……万一被警察查出什么……"

苏瑾明白了他的好意。他是担心像外界传言的那样，她电脑里有替周老先生洗黑钱或者贿赂的证据。可是她和周老先生接触了近一年，只是替他打理股票基金债券，并没有另外的账户或者任何违法的行为，都是按照正常的流程操作。

但Jacob此时去她办公室是好心吗？她的电脑已经加密，旁人根本打不开，而之前他要求的财务报表她也已经整理好交过去了——倏然之间苏瑾明白过来了。Jacob让她休假几天，并不是真的让她回避矛盾，而是趁着她的危机将她的客户挖过来——他虽然是她的上司，但公司的考核上也有一定的任务量，她的业绩已经让他有了危机感。

苏瑾心里发凉，庆幸自己没有按照Jacob的要求把工作交接一下休假，而是如常工作。

"也许警察很快就会找你问询。"杨晏然关切地说，"苏瑾，我希望你能信任我。"

苏瑾浅浅一笑，微微点头。

她坐在办公室里将锁在抽屉里矿区的资料重新看了一遍，她想起周老先生踌躇满志地跟她说这个项目的前景，那时她就觉得事情蹊跷。也许周老先生没有说实话呢？他取出大笔资金是另有用途？已经几日没有休息好的苏瑾此刻感觉异常疲倦，可还有很多的事要处理，电话一个接一个……她揉揉酸涨的眼睛，轻轻地叹了口气。

2

顾峥望着窗台上的素馨花发呆，皎洁的月光洒下来，显得清冷寂寥。

母亲在外面敲门，轻声问道："睡了没？"

顾峥拖着声音回答："妈，我已经睡了。"

肖琴还是不管不顾地把门推开，见着儿子伫立在窗前就知道他又在想苏瑾，没好气地说："我儿子哪点配不上她，说分手就分手，一点儿不念旧情！"

顾峥皱眉，这话他已经听母亲念叨十万八千次了，虽然他一再强调他们只是分开，并没有分手，但母亲觉得苏瑾都去国外了，这不就是分手吗？

见儿子不回答，肖琴继续絮絮叨叨："当年我就知道她心气高，也知道她会很有出息，可要说过一辈子，她真不是最适合的人选，她不会顾家，不会心疼你，更不会甘于照顾孩子……"

"妈，苏瑾不是你想的那种人。"

"她不就是女强人吗？"肖琴把牛奶递给儿子，语重心长地说，"可是一个女人事业再成功，家庭不幸福又有什么意义？"

顾峥目光黯然，他从来没有想过苏瑾会嫁给别人，一想到和她共度一生的将是另外的人他就心如刀绞。他也从来没有想过要束缚她，她可以去做任何她想要做的事，完成梦想也好，实现人生价值也罢，他都甘于成为她的后盾，默默地为她打理一切。可也知道苏瑾怕的就是他这种牺牲，怕的就是不对等的付出，所以她宁愿不要他。

他懂，统统明白，可放弃谈何容易？

这一年来他无时无刻不在想念她，有时候在网上看到关于她的新闻，会不由得湿了眼。

他不敢给莫小晚打电话，就从陈白那里拐着弯地打探消息，陈白说你和苏瑾还真奇怪，明明彼此关心，怎么就不自己联系？

顾峥其实在等，等着有一天苏瑾愿意回来。

肖琴见儿子不说话，抱起他窗台上的素馨花转身就要走。

顾峥急急地问："妈，你要干吗？"

"扔掉！"

"唉——"

"天天对着花睹物思人，还不如扔掉这个念想。"

顾峥撒娇般地从母亲怀里抢过花："妈，这是我养的，已经有感情了！"

肖琴瞪着他："你说你怎么就这么死心眼呢？"

自从苏瑾出国后，肖琴知道儿子这一年过得特别不开心，虽然他看上去如常，跟他们插科打诨，说说笑笑，假日里还张罗着带他们去旅行游玩，可是那些笑容显得落寞极了，令她心酸。她也曾想着也许时间久了，儿子就能将苏瑾放下了，可这都已经过了一年，他却还是老样子，她心里真是焦虑。

今天晚上余蓓蓓的父亲到家里来了，余蓓蓓那么好的女孩，肖琴真是一百个满意，可偏偏死心眼的儿子就是不肯和她联系，说不想耽误了她。

余蓓蓓的父亲亲自上门希望顾峥能够到他的公司上班，他拒绝了。这一点肖琴倒是认同儿子的，虽然她父亲承诺会给他一个很重要的职位，另外还让出公司部分股份，但感情这种事怎么能用这些东西去衡量呢？如果儿子真要接受了这些条件然后和余蓓蓓在一起，她反倒会生气，她喜欢余蓓蓓，单纯是因为她的人品性格，不是因为她的家境有多好。

"好，我不扔你的花，那你得答应妈妈一件事。"

顾峥笑了："妈，您可真是老谋深算，明明不会真的扔我的花却总是动不动就威胁我……我知道平时我不在家你都有替我浇水，所以您的条件我不答应！"

肖琴抬手打了他一巴掌，佯装生气："现在是翅膀硬了？"

顾峥伏到母亲肩上撒娇："我这把年纪还住家里需要您的庇护，您别嫌弃我啃老就是了。"

"去见见蓓蓓吧！"

顾峥含混不清地说："这个呀。"又想转移话题："周末带你们去一家新开的餐厅……"

母亲果断打断他："你跟谁谈恋爱妈妈都不会反对，但蓓蓓这孩子重情重义，你不能不管她！去找她回来吧！"

"妈，好像是爸爸在喊你！"顾峥说着，扶着母亲的肩膀往外面走。

"儿子，蓓蓓的父母每天过得多提心吊胆呀，我也是当妈的，每次你执行飞行任务我都牵肠挂肚，她一个女孩子，出门在外，人生地不熟。今天她爸爸来提了很多条件，希望的就是你能和她在一起，妈妈帮你推了，但你要去把她找回来。"

顾峥沉默了几秒钟，终于答应道："好，我去找她谈谈。"

母亲终于心满意足地往外走："记得呀，一定要把她带回来！"

这一年余蓓蓓一直在旅行，顾铮的同事许霖总是乐于给他播报余蓓蓓的行踪和近况,好像他随时随地都掌握着余蓓蓓的情况。顾峥希望余蓓蓓能够遇到真正对她好的人,让她能够真正地快乐起来。但余蓓蓓的父亲告诉他,余蓓蓓现在不愿意回到这个城市,不愿意回家,她像是把自己放逐了般四处游荡,她的状态令他们很担心。以前他们觉得她在机场做安检很愚蠢,现在看她漂泊不定更是不放心,说还不如就让她在机场工作。

可是他能做什么呢?如果给不了承诺,去见她又有何意义?

顾峥是在赫尔格达找到余蓓蓓的,这座埃及的小城,在红海边上,绵延数十公里的海岸线包围着清澈的海水、柔软的沙滩和温暖的阳光,全年都很适宜居住,难怪余蓓蓓会选择这样一个仙境般的城市待着。顾峥心里对母亲说,余蓓蓓才没有让自己吃苦呢,她现在过得说不定很潇洒快活。

这些日子余蓓蓓住在一个小渔村里,每天跟土著混迹在一起学潜水。顾峥已经有一年没有见过余蓓蓓,远远看到她穿着当地的服饰,皮肤晒成了健康的古铜色,一头利落短发,和以前那个娇气的大小姐差别很大。

当海边出现那抹熟悉的身影时,余蓓蓓感到整颗心都在战栗,她踩着拖鞋从沙滩边奔跑过去,满心都是难以置信的狂喜。

她没有想到顾峥会出现在这里,这一年她去了很多国家,走了很多地方,却还是觉得自己没有做好心理准备,没有勇气回去见顾峥。她想只要离他远远的,她就能忍住不去打扰他。父母已经表示过多次希望她立刻回国,即使要旅行也不要去小国家,治安不好。可她倒是习惯了这种背包客的旅行方式,觉得很能锻炼自己的意志力,再说了,这种旅行怎么也比上次去云南找顾峥时好,连毛毛虫都怕的她被蚂蝗吸附在身上都义无反顾地朝前走,现在想来,她都惊讶,怎么就那么喜欢顾峥呢?这家伙对她可不算好。

余蓓蓓是扑到顾峥怀里的,然后狠狠地掐了他一把,确定自己不是做梦后,又紧紧地抱住他。

顾峥尴尬地推了推她:"差不多就行了……"

"偏不!"

"余蓓蓓,我要后悔来找你了!"

"你天涯海角地追过来,证明对我是有感情的。"

"我只是奉你父母之命带你回家……能松开手吗?我快被你勒得喘不过气来了。"

顾峥没有等到余蓓蓓的回答,却感觉到她哭了。

她像受委屈的孩子那样在他怀里号啕大哭,引来众人纷纷侧目。

顾峥抬手拍拍她,有些尴尬地说:"这么大人了,也不嫌丢脸!"

"反正我在你这里丢脸丢惯了！"

"你还准备哭多久？能让我先坐会儿吗？我坐飞机加火车转汽车加徒步……"

余蓓蓓泪眼婆娑地望着他："你是不是想通了？"

"什么？"

"接受我呀！"

"蓓蓓，我一直把你当朋友。"

"那就不能在朋友前面加个'女'字？"

"余伯伯不放心你一个人在外面。"顾峥转移话题，"快跟我回国吧。"

余蓓蓓气馁地松开他，伤心地抽泣："你这个坏蛋！我已经修炼了一年，好不容易给自己做好一点儿心理建设，你一来就让我前功尽弃。"

"那我走，就当我没出现？"

"顾峥！"

顾峥笑了："别哭了，你哭起来的样子很难看。"

余蓓蓓定睛看着他，然后幽幽地说："我真的好想你。"

顾峥抬手揉揉她的发："快回家吧，我也很担心你。"

余蓓蓓再一次抱住他："那就耗着吧，你等苏瑾，我就等你……看咱们谁坚持到最后。"

"蓓蓓，别让我再内疚了，你明知道……"

"我知道！我当然知道你对苏瑾死心塌地，可我就是喜欢你！"

顾峥无言以对。

3

苏瑾从公司出来时就感到自己又被尾随了,但今天跟着自己的人特别嚣张,根本不在乎是否被她发现,反而在过红绿灯的时候停在她旁边,摇下了车窗。

坐在副驾驶的男人并不像记者,他戴着宽檐帽,面罩上只露出一双阴冷的眼睛,朝着苏瑾比了一个开枪的动作。

苏瑾心里一紧,看准绿灯加快油门赶紧朝前驶去,从后视镜里她看到那辆车依然紧跟着她。

他们是谁?想干什么?她仔细回想也不明白自己到底得罪了谁,难道——是跟周老先生的死有关?警察已经找苏瑾问询过了,对于周老先生的资金流向问得很详细,并且还问了之前的一些事,苏瑾想起周麒的叮嘱,并没有把矿企的事说出来,但她却越发怀疑这件事跟矿企有关。

苏瑾拿着自己搜集到的资料去找周麒,可他依然不肯说实话,只说这件事让她别再查下去了。

"我知道这件事给你带来了麻烦。"周麒说,"但媒体什么都查不到的,过一些日子这件事就过去了。"

"我只想知道周老先生为什么会这样,"苏瑾盯着他的眼睛,"难道你不想为你爷爷讨一个公道吗?你明明知道他的死是有原因的……"

"我在意真相,但现在我的家人更重要!"周麒冷冷回应,"也奉劝你一句,不要惹火上身。"

"你爷爷一生为人正直豪爽,现在他被世人误会种种罪责,你难道不应该证明他的清白?"

"清白?"周麒怆然一笑,"我们周家已经家破人亡,还要清白做什么?你这种一路顺风顺水,毕业就能进KPCB这样的公司的人懂得忍辱负重吗?请收起你那点儿好奇心!"

"顺风顺水?"苏瑾淡淡地笑了笑,"知道吗?周麒,你从来不了解我的成长经历,我能到这里是走了很长很长一段黑暗的路程。"

"苏小姐,到此为止吧,我真的不希望我的家人再受到伤害。"

苏瑾见他态度坚决,也不再追问下去,但是她开始从那家矿企查起,从他们的合伙人到股东,再到他们的背景……她骇然发现那些合伙人和股东的人名信息全是假的!就连网上对该公司介绍的网页也是精心制作的假网页,她对比了这家和别的几家矿企的公司代码，发现这家公司留下的代码全是复制的。原来这是一场精心设下的骗局——所以周老先生在意识到上当受骗后自责自杀？但他为什么不选择报警？

苏瑾拿起手机给周麒打电话，约他见面，没想到在路上遇到了跟踪者。

苏瑾摆脱不了他们，在一个转弯处他们超车逼停苏瑾，苏瑾赶紧锁死车门，然后拿出手机拨打911（美国求救电话）。对方车里下来两个男人，大步朝苏瑾走过来，手里还拿着类似铁锤之类的东西。

苏瑾尽力让自己镇定一些，拨打911电话时把所处的位置和危险说清楚，再把对方的车牌和特征描述了一遍。

对方已经拿起铁锤开始砸窗，苏瑾惊惧地寻找防身的东西，当玻璃窗被砸碎，一双手伸进来的时候她也只找到包里一支圆珠笔，顾不得其他，苏瑾拼命地朝那手戳过去……眼看着车门被打开，她即将被拖下车，这时她看到杨晏然冲了上来，他和那两个男人扭打在一起，苏瑾脱下高跟鞋下车，将鞋跟那一面朝男人的头上砸过去，但对方身材高大，一挥手就将苏瑾推倒。

"你快走！"杨晏然焦急大喊，"走呀！"

苏瑾又惊又惧，但不肯开车逃走，她眼看他们制服了杨晏然，在她惊惧的喊声里一个男人拿起手里的武器朝他的手重重砸下去……她听到杨晏然凄厉的一声惨叫，不顾一切地冲上去想要推开他们，可自己也很快被他们制服。

此时警车的鸣笛声由远而近，他们朝苏瑾丢下一句："这是一个警告！"然后扬长而去。

苏瑾伏下身去查看杨晏然的伤口，发现他的右手血肉模糊，一动就疼得浑身颤抖，不断发出痛苦的低吼。

在警察的帮助下，苏瑾将杨晏然送到医院，医生检查过手指后道："粉碎性骨折，需要立刻动手术。"

漫长的手术时间，苏瑾在手术室外焦灼地等待，她宁愿是自己受伤也不愿拖累杨晏然，她已经来不及去想那些人的目的究竟是什么。

这时候她特别特别地想念顾峥，原来他一直是她心里的依靠，在最脆弱的时候他会给她力量和勇气。

她拿出手机拨打了那个烂熟于心的号码，当她下定决心摁下最后一个数字时，听到的却是冰冷的系统女声——他关机了。

苏瑾疲倦地仰头靠着椅背，好不容易积攒的勇气，一瞬间都被清空了，她轻轻闭上了眼睛，眼泪汹涌而至。

她想念顾峥。

怀念他们在一起的时光。

手机这时突然响起来，她一顿，赶紧接通，急急地喊："顾峥！"

"你给他打电话了？"莫小晚欢喜的声音传来，"太好了。"

苏瑾努力平复了一下情绪："小晚，是你。"

"我刚刚听到你喊顾峥了。"

苏瑾沉默。

"好吧，你不愿意说我也不问了。"莫小晚说，"我给你打电话是想告诉你，今天我的画获得丹麦雅格布森肖像展二等奖，快恭喜我吧！"

"祝贺你，小晚！"

听出苏瑾的声音有些不对劲，莫小晚追问道："是发生什么事了吗？"

"刚刚遇到抢劫……"苏瑾不想小晚太过担忧，只简单将事情说成拦车抢劫。

"谢天谢地，你没有事！"莫小晚听完长舒一口气，"不过你真得好好感谢你这位同事，若不是他，后果不堪设想。"

跟莫小晚通过电话，苏瑾这才想起跟周麒有约，她觉得有些奇怪，周麒没有等到她，为什么不打电话过来询问。难道他知道自己会出事？

她已经能够断言周老先生是遭遇了诈骗，但能够将他骗到，又逼得他自杀，这背后的人究竟有着怎样的势力？苏瑾不寒而栗。但为了周家人的安全，她还是决定暂时不向警察提及。

手术室的灯终于灭了，杨晏然被护士推了出来，因为全麻，所以他此刻还没有清醒。

"病人有四块指骨碎裂，我们已经用钢板和支架固定，但创伤面太大，即使是后期骨伤愈合，手部的功能也很难恢复得和以前一样……"

"医生，他是理财师，需要快速地敲击电脑，如果手部不灵活那怎么行——"苏瑾焦急地哀求，"要怎么才能康复，请给予最好的药物，最好的康复方案！"

"我理解你的心情，但这还是要看术后情况。"

"他的手很重要！"苏瑾反复地哀求着。她难以想象如果是自己的手受伤，断送了职业生涯会怎么样……

苏瑾颓然地跌坐下去，心里懊悔不已。

她不应该轻举妄动的，对方一定是察觉她在调查，所以才会来警告她。

苏瑾再一次拨通了周麒的电话，听到他如释重负的声音："苏小姐，你没事吧？"

"你知道我会出事？"

"不，我并不知道。"

"我已经查到这是一个诈骗……"

"听着，苏小姐。"周麒冷冷地打断她，"这件事你不能再追查下去，否则不仅你，连我们周家都会有危险。"

"所以你们早就知道？"

周麒沉默一下："我想爷爷也是希望这件事就此了结，这背后牵涉面太广了。"

"难道警察也不能制止他们？"

"苏小姐，谢谢你做的一切，但收手吧……"

"我今天已经遭到袭击，如果不是我的同事及时出现，躺在医院里的人会是我！即使我不追究，我想他也会向警察寻找真相。"

周麒微微叹了口气，然后挂了电话。

苏瑾一直在医院守着杨晏然，在手术前她问他要不要通知家人，杨晏然说父母住在郊区，而且他们年纪大了，不想让他们担心。苏瑾只好以"女友"的身份替他签字手术。

等他醒来的时候，天已经蒙蒙亮了。

杨晏然看着自己的手，黯然地垂下眼。

"很疼？"

"有点儿。"他对苏瑾笑笑，"你一直在这里？"

"当时你怎么会出现？"

"其实这些天我一直有送你回家。"杨晏然突然仰起面孔，深深地望着她，"我想保护你，苏瑾。"

苏瑾突然对他的感情明了过来，一时之间不知该如何回应，只能愣愣地怔住。

"你不必自责，这是我自己的事。"杨晏然艰涩一笑，"即使这只手残废了，我也心甘情愿。"

苏瑾在美国工作这一年，并不想牵涉感情，虽然工作中也遇到过对她有好感，表现出想要追求她的男人，但她都不动声色地打消了对方的念头。对于杨晏然的感情，她内心想要回避，却不能对他的伤视若无睹。苏瑾要陪他去检查，去做康复治疗，为他处理一些生活上不方便的事……他对父母只说手受伤，并没有提到那次事故的凶险，也没有提到受伤的程度，这让苏瑾觉得他是一个有担当、成熟稳重的男人。

出院后，他们时常会一起吃饭、散步、聊天，相处的时间越来越多。如今，他手上的外伤已经基本痊愈，从外表看依然是白皙、修长的一双手，很好看，然而手指却使不上力，哪怕一个小小的水杯也经常打翻。苏瑾只好将他的餐具和水杯都换成了塑料的，免得他受伤。

　　苏瑾对此非常内疚，杨晏然却很淡然，他说用一只手换来苏瑾的平安，很值得。苏瑾虽然明知道她的沉默会让他越陷越深，却不忍心回避和拒绝他的感情。

4

四月底的时候，苏瑾回国参加一个对冲基金的发布会，孟总钦点，一定要她去，即使苏瑾不太愿意在这时候离开，但孟总说派别人过来不合适，只有她更了解分公司的情况。

已经一年没有回国了，春节的时候梁宏发了消息给她，希望她能回家过年，可是她借口工作忙依然没有回去。

她其实有很多出差机会可以回国，但每每都拒绝了，她让自己陷入快节奏的工作状态里，因为只有很疲倦的时候她才能安然入睡。有时候她躺在宽敞明亮的房间，会想起曾经住在阁楼里的日子，想起在米粉店忙碌穿梭，想起蹲在炉灶边给弟弟熬药……想起昏黄灯光下她压抑的心情。整个青春期她都晦涩暗淡，而顾峥从黑暗中走来，带给她一束光。

不愿意回国，就是害怕自己见到他就再也坚持不下去。

莫小晚问："难道你不恋爱、不结婚吗？就算你成为华尔街最优秀的投资人，你的人生就不孤单寂寞了吗？掌声总有结束的一刻……"

对，道理她都懂，可她做不到。

她对工作的热情让她只能在感情上付出很少的一部分，这对顾峥不公平，所以她才决然地离开——她一直觉得这样做是对的，对他们两个人都好。

可是为什么在回国的飞机上她的心就开始期待和紧张了呢？

莫小晚在机场接她，老远看到就张开双臂飞奔过来抱住她："狠心的苏瑾，你终于肯回来见见我了！"

苏瑾望着莫小晚笑，她穿着宽松压褶的上衣和修身裤，显得时尚大气，很有一种艺术家的范儿。

"陈白在停车场等。"莫小晚挽着苏瑾的手臂，噼里啪啦地说，"这家伙每次来机场接人，后来都找不到停车位，有一次竟然找了半个多小时，快把我气到吐血……"

等苏瑾见到陈白的时候，莫小晚还在那儿说："赶紧把行李放后备厢里，对了，打电话预订餐厅了吧。"

陈白还来不及跟苏瑾打招呼，连忙回答："所有的指示都已经照办，请领导放心。"

"少来！"莫小晚赏了他一个白眼。

"苏瑾，你可回来了！"陈白殷勤地将车门打开，"我们家小晚可想你了。"

"什么你们家？"莫小晚嚷起来，"八字还没一撇呢！"

"怎么没一撇，早就有了！"陈白系好安全带，欢喜地坏笑说，"另外一撇也马上就成！"

"废什么话？快开车！"

……

见两个人你一言我一语地斗嘴，轻松又热闹，苏瑾的心情也愉悦起来。

"那个，真不告诉顾峥呀？"陈白突然话锋一转，悻悻然地说，"好歹也是朋友。"

气氛一下凝滞。

莫小晚朝陈白吼："你能不能闭嘴？"

"没事，"苏瑾垂了垂眼，"我只回来一个星期，行程太满，跟他应该见不上。"

莫小晚欲言又止。

陈白却还是决定为顾峥争取一下，硬着头皮说："他一直没有放下你，你们……"

莫小晚看了苏瑾一眼，其实她也跟陈白一样，希望他们俩能够重新走到一起。

苏瑾咬了咬唇，缓缓地说："我有男朋友了。"

"啊？"陈白急得一脚踩住刹车，戛然停在路边，而莫小晚同样错愕不已，也就顾不上指责他了。

"不会是那个人吧？"莫小晚小心翼翼地问。

苏瑾点点头。

"他不就是救了你一次？而顾峥……"

"小晚，我现在很好。"

"那个人是谁呀？"陈白心里很为顾峥不值，这女人变心起来也太决绝了。

"是我同事。"苏瑾简单地回答。

杨晏然的手伤得很严重，如今依然不能使力，医生已经断言，即使康复训练后，他也不能像以前那样灵活地敲打键盘了，而一个操盘手，一个投资理财师，是需要分秒必争的，所以当公司领导知道他的手受伤后就借此辞退了他。

那天杨晏然抱着自己的东西离开KPCB大楼的时候，苏瑾追了上去，她说她会照顾他。

她并不是一个容易冲动的人，做这样的决定是经过深思熟虑的。

陈白原本已经把餐厅的地址发给顾峥，还告诉他有个惊喜等着他，现在知道苏瑾有了男友，怕顾峥见着伤心，只能偷偷地又发短信给顾峥，说惊喜临时取消，今

天不约了。

莫小晚还想劝苏瑾几句,但也知道她的性格,一旦下定决心谁也改变不了,只能在心底叹息一声,为两个人错过的缘分。

她一直觉得最适合苏瑾的人就是顾峥,即使曾狂热追求过苏瑾的林浩卿各方面也不错,但只有顾峥会对苏瑾义无反顾,倾尽一切。

等他们来到餐厅门口,苏瑾下车时突然间身形一滞,莫小晚别转面孔看到笑意凝在苏瑾的唇边,眼里却已经蓄起了泪。她顺着她的目光望过去,在大堂门口,分明伫立着顾峥。

莫小晚猜也知道是陈白透露的行踪,但看到他们两两相望的样子,她在心里给了陈白一个赞。因为逆光,更衬得顾峥的五官立体,一身银灰色风衣,衣角被风吹得有些上扬,整个人笔挺修长,器宇轩昂,来来往往的年轻女孩都是眼前一亮,不由得多看他几眼。

顾峥也看到了苏瑾,一刹那他的心跳猛然漏掉两拍,整个人就像被疯长的藤蔓紧紧缠绕,发不出声音来。面前是他日思夜想的苏瑾呀,此时此刻全部的光影,都只为她布景。

一年的时光那么漫长,多少个夜晚他辗转难眠,只有打开手机一张张翻她的相片才能挨过最浓烈的思念时刻。

今天陈白神神秘秘地发来信息说有惊喜,他就猜到也许是她回来了。

他紧张得坐立不安,还没有到时间就早早地赶到餐厅。

果然是她回来了。

顾峥迎着苏瑾走过来,他真想抬手将她揽入怀里,却只是尽量自然地露出微笑:"回来了。"

苏瑾点点头,紧紧地攥住莫小晚的手。

即使她现在成熟内敛,即使她已经是华尔街的精英,即使过去这么多年,但原来在顾峥的面前,她又变成那个槐树街里苍白的少女,慌乱无措。

陈白将车停好,见到顾峥很是内疚,不知如何将苏瑾有男友的消息告诉他。

一行人落座后,莫小晚和陈白互怼着活跃气氛,苏瑾和顾峥的话则很少,两个人都心绪复杂,面上却要故作镇定,只能报之以微笑。

"陈白,我跟你一起去停车场,你这个笨蛋一会儿又找不到车停哪儿……"

"我记得!"

陈白的话还没有说完,已经被莫小晚犀利的目光制止,他恍然大悟,笑着说:"我这人确实是路痴,别一会儿又迷路。"

说着，两个人演戏般地撤退。

苏瑾望着离开的两人笑了笑："也就陈白吃小晚这一套。"

"是出差还是……"顾峥凝视着苏瑾，期许地问。他心里紧张得要命，盼着她回答说回来了，以后就不走了。

"出差。"

顾峥失望不已："那待多久？"

"一个星期。"

"这么快就走？"

"梁宏说你常去看他，我替他谢谢你。"苏瑾停顿一下，"其实你不用……"

"我把梁宏当自己弟弟。"

顾峥看到苏瑾杯子空了，起身替她倒杯水，苏瑾来接，两个人手指轻轻触碰，顾峥一把握住她的手，苏瑾没有动，静静地由着他。

他的目光温柔得不成样子，就像这四月的阳光，和煦又美好。

苏瑾的手机突兀地响起来，顾峥扫了一眼，上面的名字是"杨晏然"。他缓缓松开手，让她接电话。

苏瑾垂了垂眼。等她接完电话时看到顾峥一直望着她。

顾峥听到苏瑾与通话者的语气就已经猜到他是谁了，这一刻他痛彻心扉，所有的等待和期许都变成了利器狠狠地刺伤了他，但他只是艰涩地笑了笑："苏瑾，你幸福就好。"

有眼泪要涌出来，被苏瑾生生地压了回去，她没有办法向顾峥解释，和杨晏然在一起是她打破他们之间僵局的唯一办法。她知道他会一直等，只要她没有开始新的恋情，他就不会放弃。

所以她决定接受杨晏然。

陈白和莫小晚一直没有回来，莫小晚给苏瑾发信息：一会儿让他送你到我家。

苏瑾有些无奈，起身对顾峥说："还有些文件要处理，不如……"

"我送你。"

顾峥不等她回答就朝前走。莫小晚家离这里不远，原本顾峥是开车来的，但他说不如走走吧，两个人不紧不慢地走在橘黄色的灯光下，往事翻迭而至。

"要不约个时间跟范加林还有凌子浩见一面？"

"行程排得太满，这一次大约没有时间。"

"也行，下次吧！"顾峥停顿一下问，"下次什么时候回国？"

"说不清。"

"对了，你知道李凤华判了三年吗？"

"听叔叔说了。"

……

两个人淡淡地聊着天，月光下他们的影子若有若无地靠近，当他们走到莫小晚家楼下时，苏瑾停了下来，抬眼望向顾峥："蓓蓓来美国旅行的时候我见过她……其实她真的挺好。"

顾峥苦涩一笑："快进去吧，坐那么久飞机很辛苦。"

苏瑾点点头，当她转身时，顾峥突然一把拉住她的手把她紧紧地拥进怀里。

从她出现的那一刻，他就想这么做了，所有客气、疏离的话语都是那么苍白，远不及这一刻的拥抱来得真实、踏实。

"对不起。"苏瑾轻声地说。

"什么？"

"你住院的时候我不能陪你……"

"没关系。"

"你出事的时候我没有去找你……"

"不要紧。"

"你需要我的时候我总不在……"

"苏瑾，我对你没有任何要求，你想做什么事都可以去做，但能不能……让我等下去，直到你累的时候，想要回来的时候，我就在这里。"

"这不公平。"

"我自己愿意！"顾峥突然像个任性的孩子，心里充满了无助，"苏瑾，除了等，我又能做什么？"

"就是因为这样我才不愿意回来，我不要你的牺牲，你也应该有你的事业和人生……"

"可是那个人为什么就可以？"

"顾峥，我们已经回不到过去了。"

"是你不愿意！"

"再见！"苏瑾不愿意再跟他谈下去，她知道自己很残忍，可是她得提醒自己，在美国，在纽约，有一个人还等着她。

第 *2* 章
有些告别身不由己

盛夏的骄阳炙烤着大地，天空湛蓝一片，美得令人心悸。

苏瑾坐在中央公园的木质长椅上，抬起手看那些阳光从指缝中透过来，觉得格外疲惫。

出差回来后她的工作如常，每一个开市的日子她都要盯着纳斯达克，研究涨幅、跌幅、成交量、市盈率、每股收益……全神贯注，精神高度紧张，一旦大盘有任何风吹草动，她都会当机立断地做决定，动辄就是千万的资金流向，她马虎不得。

每晚她都加班，要整理资料分析数据，还要关注各行各业的新闻，忙得没有任何闲暇时间。很多时候都是杨晏然到公司楼下等着她一起吃晚餐，两个人短暂见个面，她又回公司加班。

杨晏然离开KPCB后，苏瑾替他重新写了一份简历，然后通过客户的介绍安排他到一家咨询公司上班，因为他的手还在恢复期，所以苏瑾给他介绍的职位，工作强度和压力都不大。

她也给他联系了最好的骨科康复医生，购买了一些可以在家里做康复训练的器械……

杨晏然有一次对她说："其实你不用做这些。"

"事情因我而起，现在搞成这样我很自责。"

"我知道你并不喜欢我。"杨晏然神色黯然，"要不是因为我的手，你也不会和我在一起。但苏瑾，我不想让你觉得欠着我。"

苏瑾握住他受伤的手："我和你在一起是心甘情愿的，别胡思乱想。"

上次回国她收到了周麒的邮件，希望她能说服杨晏然不要对警察提及周家的事，警察后来抓到了袭击她的人，但他们只说是双方发生争执然后误伤了杨晏然，拒不承认这是有预谋的跟踪行凶。

因为证据不足，法庭只判了那两个人故意伤害罪，虽然有媒体将这次袭击和周礼恒的事联系起来，但因为也只是揣测，最后不了了之。

今天难得周麒约苏瑾见面，她想这应该是他来告诉他真相的时候了。

几个月没见，周麒变了很多，之前他总是穿着衬衫西装，一股高冷精英的模样，现在却着低调的灰色夹克衫，戴着一顶鸭舌帽，手抄在裤兜里，行色匆匆。当看到苏瑾的时候，他下意识地环顾四周后，这才走到她面前。

苏瑾穿着一件衬衣，一条暗绿色阔腿裤，腰上有几条精致的褶皱，让她显得干练利落，脸庞迎着阳光，干净清透极了。

她浑身散发出一种令人舒服的淡定，这让周麒紧张的心也稍稍放松下来。

"上一次的袭击是因为他们监听了我的电话。"周麒坐到苏瑾身边，把帽子取下来，用纸巾擦擦额头细密的汗水。他的精神压力很大，一直担心苏瑾会说出爷爷资金流向的事，但好在她一直遵守约定守口如瓶。

周老先生带着助理去了国外一趟，回来对家人提起了那个矿企，周麒当时并不在意，想着爷爷做事一向谨慎，再说他自己对投资之类的事毫无兴趣，所以也就没有再过问，后来才知道爷爷不仅将股份债券基金等套现，还将周家名下的多处产业出售，几乎倾尽了周家的大半江山。

筹到资金后，周老先生再一次前往那个矿企准备签订协议，无意中发现对方的长相和他了解到的真正的合伙人长得不太像，他起了疑心，临时决定延期签合同，没想到被软禁在国外不能回家。

对方知道事情暴露直接要求他转账，周老先生不肯。他们就给周家打电话，说他在国外突染重疾，需要家人前来照顾，并且指定是周麒的父亲前往。

周老先生担心儿子来到这里凶多吉少，只能答应转账。

他虽然顺利回到美国，但了解到对方有黑帮背景，而且对方已经用同样的招数骗了很多人，他的老朋友本来是受害者，因为被逼迫才跟他们一起骗了周老先生，这些人又要求周老先生用同样的方式骗他的朋友，他不同意，他们就用他的家人威胁。

周老先生为了摆脱控制，又因为对家人自责内疚，所以选择了烧炭自杀。

"爷爷出事前我们已经知道对方根本是亡命之徒。"周麒说，"所以家人一直劝爷爷失去钱财就算了，周家的根基还在。可是对方纠缠不休，爷爷去世当晚他们就得到消息，还打来电话警告，过了几天……母亲收到一个包裹，里面是一个玩具炸弹。他们说如果我们要吐露一个字，就会将真的炸弹放进我家。"

苏瑾不寒而栗。

"在爷爷去世后，我们已经决定移民。"周麒说，"这件事只能这样过去。"

苏瑾沉默一下。她知道她应该报警，应该将这伙诈骗集团绳之以法，何况杨晏然还因此受伤，但如果她对警察说出真相，必然还会让周家陷入危难之中。她也不能指责周麒不为爷爷讨回公道，既然他们希望从此能够平稳安宁地生活，她也只能将这件事放下了。

对杨晏然，她也决定守口如瓶。

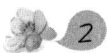

2

四月的天空碧蓝如洗，阳光微熏温暖，走在校园里，莫小晚觉得舒爽惬意极了，迎面走来的一张张洋溢着青春气息的脸，让整个校园都氤氲在朝气里。有两个女生与她擦肩而过，穿红色连衣裙的女生附在穿米黄色短袖T恤、背带牛仔短裤的女生耳边说："你觉得好不好？嗯，陪我去嘛，好不好……"

穿米黄色短袖T恤的女生侧头看看她，不说话，眼神温暖平和，像看胡闹的小孩子。

莫小晚忍不住笑了，两个女生留意到她。她这才注意到红裙子的女生，眼睛大而圆，眉毛漆黑如黛，而穿黄T恤的女孩，扎着马尾，却有一种宁静恬淡的气质，一双眼睛黑亮如曜石，如同一泓幽深的潭水。

莫小晚唇边的笑意变得恍惚，这不就是当年的自己与苏瑾吗？当年的她，也是这样，缠着苏瑾陪她去办公室找唐柠，但苏瑾总是半途溜走，拿本书在学校花园里待上半天。

慢慢踱步在校园里，莫小晚在心里感叹学校的变化之大，图书馆、学生食堂、教学楼、实验室、学生宿舍等都扩建或者重建，只有最角落的美术楼，在斑驳的树荫下，幽静地坐落在那里，通往美术楼的那条梧桐树道，还有那19级阶梯，也都没有变化，依然保留着古朴的原貌。莫小晚的心一室，往事纷至沓来，惹得她鼻翼发酸，仰起头来，却又被阳光刺痛了眼睛。

她记得曾经来上美术课时羞涩又雀跃的自己；她记得当唐柠握住她的手，在画板上涂抹的时候，他的呼吸吹拂过她的发丝；她当然也记得，她最后一次见他时，他看着她平静如深井的眼神，里面甚至还有一丝悲悯。

莫小晚坐在楼梯上，托腮沉思，她想起第一次见唐柠，唐柠就是坐在这里。他们的谈话她忘记了，却一直记得他逆着光的侧脸。

"小晚，我猜你就在这里，打你电话也没接。"一个热情的声音响起，莫小晚回头，看到学校教导主任刘老师正疾步走过来。

莫小晚抱歉地笑笑，拿出手机："真是对不起，刘主任，我习惯了静音，作画的时候，一般不接电话。不过我提前几天就设置好了闹钟，应该没晚吧。"

刘主任看她一眼，因为是回学校给学弟学妹们作演讲，莫小晚特意穿了一套乳白色马甲风衣和阔腿棉麻休闲裤，清新简洁，却在细节处彰显了品位。

刘主任没有掩饰眼里的欣赏，解释道："你的学弟学妹们，尤其是想报考美术专业的，听说你的故事，都想早点儿见到你，想私下跟你交流一下。"

莫小晚站起了身，跟刘主任并肩走在树荫间的小径上。小径旁边的花圃里，还有唐柠的亲笔字拓成的指示牌，莫小晚心里微不可察地叹息了一声。

昔日清俊又不苟言笑的刘主任，如今头上也有了斑白的痕迹，身体微微发福，对人的态度倒是亲和了许多。这次，莫小晚回到学校，就是他力邀的结果。莫小晚在学校里也算一个传奇人物，当然，刘主任邀请她回来做报告，传授经验，是因为莫小晚"高一、高二那么糟糕的成绩，居然在高三突击，考上了艺术类的重点大学，这就很值得学习跟借鉴嘛"。

莫小晚的分享会很成功，多年世界各地旅行、采风所汲取的见识的沉淀，以及关于唐柠，还有苏瑾与顾铮带给她的成长，再加上她原本的开朗的个性，让分享会现场气氛热烈，莫小晚洒脱幽默，妙语连珠，引来一阵又一阵的掌声，坐在前排的学院主任刘主任脸上也露出了欣慰的笑容。

分享会结束后，有媒体来采访，莫小晚趁着校方接受采访时，偷偷地溜出了礼堂，走到曾经的一个英语角。那里有一大片浓荫，夏天时她跟苏瑾喜欢在这里读书，顾铮总会亲自提前来帮她们占位置，只是后来，苏瑾就不太来了。

站了很久，穿着高跟鞋的脚又酸又疼，莫小晚索性脱了白色高跟凉鞋，轻轻地揉着自己的双脚。莫小晚闭上眼睛，准备静静享受这安静的片刻时，有手机铃声突兀地响起来，莫小晚吓了一跳，她这才发现，在距离她不远处有一个男人，他靠在柱子上，柱子恰好遮住了莫小晚的视线，她竟然完全没有发现！

男子站起来，他穿着线条简单的白色背心，浅蓝色牛仔衬衫与同色系牛仔裤，利落中又有不羁。

此刻他边接电话边向着莫小晚的方向走过来。逆着光，莫小晚只看到他半隐在树荫里的侧颜，然而，就是这惊鸿一瞥，莫小晚几乎觉得自己停止了心跳，整个身体都不受控制地微微颤抖——她仿若看到了唐柠。

他径直与她擦肩而过，然后淹没在从图书馆出来的人群里，等她追上去，哪里还有他的身影？莫小晚使劲儿眨眨眼睛，她自嘲地想，一定是自己回到学校，回忆起了那段青葱岁月，产生了幻觉，一定是这样的。但是，那个侧颜，那个落拓的背影，怎么会是幻觉呢？

接下来莫小晚就有点儿怏怏的，学校里的学生已经三三两两散去，记者们显然已经离开。

刘主任远远地看到她，就冲她招手："小晚，我到处找你，之前你一直赞助的学生也上高三了，特别想单独跟你交流一下。学校想在兰亭席请你跟那位同学，还有学校的

几位领导，一起吃顿便饭。"

莫小晚脸色苍白，勉强一笑："主任，谢谢了，跟学妹学弟们分享一下经验，也是应该做的，晚饭就算了吧，就不麻烦学校领导了。"

刘主任跟学生们不容分说，拉的拉，劝的劝，就把莫小晚劝上了车，跟刘主任一辆车，驶向了学校订好的饭店。一路风景向后倒去，那个令她心悸的身影一直萦绕在她的脑海，带动着那些她以为早已尘封的往事，荡起了层层涟漪，一波一波地涌过来，莫小晚沉溺其中，如同一杯纯而浓的黑咖啡，明明那么苦涩，却又有一种醇厚而悠长的馥郁。

整晚莫小晚都在魂不守舍地神游太虚，以至于刘主任让她资助的学生向她敬酒，她都没缓过劲来，在旁边人的示意下，慌慌张张地举杯站起身，却带翻了橙汁，橘色的饮料滴滴答答地顺着桌布滴到了她裙子上。莫小晚向大家致歉以后，又安慰了那位不知所措向她敬酒的学生，然后走向外面的洗手间。

包间里其实也有洗手间，但莫小晚为避免尴尬，特意到外面的洗手间。她冲洗了一下裙子，然后拧干，接着又掬起水往脸上拍了拍，让自己清醒一点儿。

她对着镜子无声地说："莫小晚，你别做梦了，醒醒吧。你知道那不是唐柠，对不对？唐柠在云南，那时候你没有去见他，可此刻为什么又这么心慌意乱？"

虽然莫小晚并未喝太多酒，但她本身酒量就浅，再加上心情郁闷，其实已经有些微醺了。

冰凉的水扑到脸上，她稍稍清醒了些，对着镜子无奈地笑了笑。

她振作情绪，刚走到走廊，突然迎面走来一个男人，熟悉到让她做梦都心痛的眉眼，突然就明晃晃地出现在她眼前，是唐柠啊，她一度把他放到心底，放进往事的唐柠。

灯光有些刺眼，莫小晚突然就笑着流泪了。

往事像一阵风，让她想起年少时的自己，那么孤注一掷地喜欢一个人，满心的欢心，彻骨的嫉妒，还有难以言说的忧伤怨恨。一想到他离开学校是因为她，又或者他的人生轨迹都因为她改变，她的心里就充满了自责。

此刻，看到她竟然哭了，男人也是满脸的诧异，不解地问："小姐，需要我帮忙吗？"

莫小晚也不知道哪里来的勇气，一把拽住他的袖子："你叫什么名字？你跟他长得真像！"

她记忆里的唐柠也是这样干净清爽的气质，身材修长落拓。

"谁？"

莫小晚刚想回答，耳边传来刘主任讥诮的声音："哟，我当着是谁呢，原来是咱们的大才子赵老师啊，啊，不对，您已经辞职了，是我们这座小庙容不下你……"

莫小晚诧异地望着面前的男人，心想原来他也是这个学校的老师，只是刘主任很不待见他的样子。

而"赵老师"也没有接刘主任的话，轻蔑地扫了他一眼，与他们擦肩而过。

"喂……"莫小晚还想要喊住他，却被刘主任拉住。

"赵铭性格古怪，和咱们不是一路人。"

莫小晚这才知道，原来那个人的名字是赵铭，巧合的是，他不仅和唐柠长得很像，而且他也曾经是这所高中的美术老师，最近才辞职。

第二天莫小晚醒来，在网上查找有关赵铭的资料，终于在一年前的一则校园新闻里看到了赵铭的名字和照片，是他带着学生去参加市里的比赛，获得了高中组素描二等奖，这对名不见经传的学校来说，无疑是一个值得骄傲的奖项。

莫小晚回忆起昨天和赵铭的碰面，现在想来他和唐柠也就是长得像，性格倒是不同。唐老师更温和内敛，举手抬足之间都阳光开朗，但是赵铭却显得有些冷郁孤傲。但莫小晚对他依然好奇，在网上一通乱搜，查到赵铭的名字出现在一家叫作AS艺术空间的画廊里，里面有更详细的资料。

莫小晚抿了抿咖啡，下意识念出声来："赵铭，毕业自中央美术学院中国画学院国画系，职业画家，在中国山水国画方面有着较深造诣，曾荣获……"

莫小晚思忖一下，下定决心在手机屏幕上输入了画廊的电话，电话里传来一个亲切又公式化的女声："您好，这里是AS艺术空间画廊，欢迎您致电，正在为您接通……"

电话被接起来，传来一个小姑娘的声音："您好，请问有什么可以帮助您？"

莫小晚咽了一口口水，才发现嗓子干涩得厉害，她说："请问赵铭在吗？"

"您稍等。"

然后，莫小晚就听到了电话那边在喊："Zoey，赵铭今天来了吗？"

声音逐渐减小，显然是接电话的找人去了。

过了一会儿，电话重新接起来："你好，他今天没来。请问有什么话可以转达吗？"

莫小晚心里有些失望，但同时又松了一口气，瞟一眼放在手边的杂志，说："我是《新城晚报》的记者，想采访一下赵铭，如果方便的话，麻烦您把他的手机号码给我一下，谢谢。"

对方倒是没多问，直接报了赵铭的电话。

莫小晚小心地记录下那11个数字，那便笺上小小的一串，仿佛通向未知际遇的音符与密码。莫小晚这次没有犹豫，她拨通了赵铭的手机号码，电话响了很久，对方才接起来。

"请问你是……"电话那端的声音有些嘶哑。

莫小晚紧握手机，能感觉电话那端的呼吸声清晰可闻："我是……"

"哦，是你。可惜我待会儿就得去医院，听不了你的故事了。"赵铭打断了她。

"你知道我是谁？"

电话那端传来窸窸窣窣的声音，赵铭的声音就在这窸窸窣窣的背景声中传来。

他说："我们见过两次，第一次是在大礼堂外，你见我就像见到鬼一样；第二次，是在饭店的走廊里，你也是一脸惊讶……"

"你从哪里知道我电话的？"莫小晚惊讶地问。

"我不知道。"赵铭回道。

"那你怎么知道是我。"莫小晚不死心地继续问。

赵铭沉默一下，叹口气："因为你看着我的眼神很复杂，显然你是通过我，想起了另外一个人，但我还是很感动，所以，没办法不印象深刻。"

莫小晚愣了，然后就听到电话那端"扑通"一声。

莫小晚急忙喊："喂，赵铭，你怎么样？还好吗？"

隔了一会儿，赵铭才回答："恐怕不太好，刚刚起床时头晕，撞上了桌子。"

莫小晚立刻抓起手袋，拿起墨镜，边走边说："赵铭，你住哪里？我送你去医院，你微信多少？我手机号就是微信号，你加我后，把你的位置发我，我马上过来。"

赵铭坐在医院的躺椅上输液的时候，已经是下午了。他因为病毒性感冒，发起了高烧。

中年女医生有些埋怨地说："你这个女朋友怎么当的？感冒就不重视？人都烧成这样了才来。"

赵铭勉强笑笑，挣扎着说："医生，她不是我女朋友。"

医生回过头："还没说你呢，你们年轻人就这样，仗着年轻，不拿身体当回事，以后可有得受了。"

女医生有些絮叨，莫小晚却感觉到了一种长辈对晚辈的关心，她想，或许女医生也有这样的一个儿子，她其实也是一个普通的母亲，对孩子只能反复叮嘱，然后无能为力地发愁。

靠在椅子上的赵铭，百无聊赖地输液，对莫小晚说："谢谢你了，你忙去吧，我一个人可以。"

莫小晚剥了一个橙子给他："不如说说你的故事吧，怎么想到从学校辞职去画廊？"

提到这点，赵铭扬了扬眉："你不知道？我以为刘主任都跟你说了。"

莫小晚瞪他一眼："刘主任才没这么无聊跟八卦。"

没有等到回答，莫小晚又抬头眼看了他一眼，此刻他正望着窗外，兴致索然的样子。

"抱歉，不方便说就算了。"

"其实也没什么。我跟女朋友是大学时候组织的一次沙漠徒步活动中认识的，后来，她先毕业一年，到你们的学校任教。第二年，为了跟她在一起，我特意放弃了留校的机会，也申请了回来，跟她一个学校教书，她教英语，我教美术。但后来，她爱上了学生的家长，就跟我分手了。"

"她怎么可以这样？"

"也许人都是现实的吧，人往高处走，水往低处流，我太清高，不愿意求人也不愿意低头示好，只会画点儿画，而这些画也卖不出好价格。"

莫小晚能明白那种心情，没有人理解时，内心是多么落寞孤寂。

"知道吗？大街上那种替人画肖像的人都比我挣的钱多，而我有时候辛苦画了一个星期或者更久的画作，别人只出两百块！"赵铭的语气变得愤世嫉俗，"这个世界真是不公平，凭什么有些人不努力随便就能成功，而有些人倾尽一生也只是寂寂无闻。"

"你一定会出头的！"莫小晚宽慰道，"我相信是金子总会发光。"

"也许吧。"

"那你怎么会离开学校的呢？"

"那段时间，我特别颓废，有家长投诉我上课太散漫。"

莫小晚能想象女友的离开对他的打击有多大。

"有投诉后，起初刘主任也找我谈了几次话，但投诉的家长越来越多，估计也没办法跟上面交代了，我干脆辞职了。"赵铭自嘲地笑，"我也不适合教书育人，也就不误人子弟了，现在虽然在画室工作，也没有卖掉几幅作品。"

"我有个画廊！我可以帮你！"莫小晚急急地说。

"其实我早听说过你了，同样学画画的我，来到你当年的学校很难不听到你的故事。"

饶是莫小晚自诩脸皮厚也有些赧然:"那个,苏瑾算是传奇,我更多的是幸运。"

赵铭好笑地看了她一眼,这一次是真的笑了,因为笑意蔓延到了眼底,莫小晚的心跳莫名地骤然一停,拿着橙子的手,差点儿握不住。莫小晚借口要给赵铭倒水喝,转过身平复一下激动的心情。

赵铭说:"也讲讲你的故事吧。"

莫小晚转过身,深吸一口气:"也没什么故事,不过就是年少不更事,不懂得怎么样去喜欢一个人。"

赵铭输完液已经下午,莫小晚坚持开车送他回家。推门而入,她看看他难以下脚的房间,摇摇头。房间只是一室一厅,四十来平方米,既是生活的地方,也是他的画室,到处都堆满了他的作品,有成品,有半成品,还有很多画废的作品。

"随意坐。"赵铭有些尴尬地收拾了下。

莫小晚没有想到他的生活如此清贫简陋,怎么说也是名校毕业的高才生……她拿起赵铭的一幅画,仔细端详,他的画是西方古典写实的绘画手法,是主流画家的画法,但在精微之处还不够细腻,所以整个画面只为"写实",却没有"生动"。

当然莫小晚把这些评价留在心里。

不管他的画如何,他对画画的执着就令她决定要帮他。

莫小晚打开冰箱,从里面只找到一袋速冻饺子,几枚鸡蛋,又请了家政上门。

莫小晚趁着等待家政的空当,见缝插针去了超市,买了些新鲜蔬菜,然后一头扎进了厨房。

当莫小晚切好新鲜蔬菜,粥在炉子上熬到沸腾的时候,家政也来了。

等到房间窗明几净时,白米粥的清香已经从厨房里溢了出来,莫小晚做的小菜也端上了餐桌。因为平日独住,她学会了做饭,甚至还做得不错。

白米粥清香宜人,饱满软糯,香滑可口,那几个小菜也清爽可口,色彩搭配尤其漂亮,红、黄的柿子椒,紫红的糖渍红心萝卜,红的小米椒再在加上醋拌黑木耳……两天没好好吃东西的赵铭,立刻有了食欲,披上外套,洗手端起碗就大快朵颐。

他吃得酣畅淋漓,额头上渗出了细密的汗珠,顿时感觉身体轻松了不少。

莫小晚笑了起来,也端起了碗。

已经是晚上,乳黄的灯光铺散开来,洒在他们头顶,镀上一层温暖而朦胧的光晕,气氛温馨平和。莫小晚看到了鞋柜上的一张照片,正是童年的赵铭跟他的父母。

莫小晚拿起相框,仔细端详。

赵铭的声音在身后响起:"这是我父母跟我的最后一张合影,是我考上大学的那个暑期,一个星期后,他们出车祸去世了。"

莫小晚震惊地放下相框,轻轻地说:"对不起。"

赵铭反倒看得开:"没关系,已经过去很久了。"

这样的氛围,让莫小晚突然滋生一种疲惫,好像一直在跋涉的人,突然进入一顶温暖的帐篷,里面有她到西藏写生时烤过的火堆,温暖得让她有了倾诉的欲望。她跟赵铭谈起了唐柠,不介意让他看到那个天真到近乎残忍、幼稚、自私的自己。

赵铭一直没有说话,只静静地看着她,眼睛里面有了然、理解,甚至还有原谅,通过这双酷似唐柠的眼睛,莫小晚望见了另一双眼睛,此去经年,如果是他,这样的重逢,又会是怎样的情景呢?

大概是喝了太多茶,那天晚上,莫小晚回到自己的公寓时失眠了,唐柠与赵铭的容颜交替出现,往事纷迭而至,她辗转反侧,看看时间,刚好是美国的中午,想到这个时候,苏瑾应该有空,于是拨通了苏瑾的电话。

接到莫小晚电话的时候,苏瑾正跟杨晏然挑选一条桑蚕丝丝巾,产地是中国的杭州。

所以苏瑾并没有跟莫小晚多寒暄,只是告诉她,晚点儿再回她电话。

杨晏然举着一条丝巾笑着对苏瑾说:"说起来真有点儿好笑,我妈老家就在杭州,结果要绕一大圈,花贵很多倍的钱来买自己家乡的特产。"

苏瑾抚摸着如行云流水般轻盈又柔滑的丝巾,触感温凉,细腻柔婉,她有些恋恋不舍地放开了手。

杨晏然问:"你也喜欢?我买一条送给你?"

苏瑾微微一笑,摇摇头,桑蚕丝制品,飘逸亲肤,但苏瑾总觉得这种飘逸里,有一种抽离世俗的孤清。她读中学时,看过一篇关于林徽因写诗的故事。里面说,每当林徽因要写诗时,哪怕是在西南联大那样恶劣的条件下,她也要沐浴,点上香,摆上鲜花,然后换上白色丝绸睡裙。

当时,莫小晚就在她身边,"咻"地笑了:"林女神一生都充满了仪式感。"

苏瑾记得自己当时什么也没说,但她想的是,或许林徽因在写诗的时光里,才是真正想做的自己,与世俗的热闹与烦恼,都保持着疏离,她抽身世外,寂静安然,只有杭州的桑蚕丝,才能成就她这种没有阴影的孤单和美。

杨晏然见苏瑾并没有对丝巾表现出过多的热切,也不再劝说,他刚要付账,便被苏瑾拦住了。

"既然是我送阿姨,我来付账才有诚意。"苏瑾认真地说。

杨晏然笑了,收回了钱夹,苏瑾低头付款时,想起她曾经计划着要送顾铮一个钱夹,把他们的合影放进去,让顾铮什么时候都不许拿出来——原来她也有这种小女生的心思。只是,她还没来得及送出去,他们就分手了。

"苏瑾,苏瑾,你还要买什么?"杨晏然的声音打断了苏瑾的胡思乱想。

"啊……给杨伯伯买一盒雪茄,然后再到超市挑点儿水果。"苏瑾有点儿慌乱地说。

"看你最近很累,要不给自己放个假吧?"杨晏然温柔而体贴地问。

苏瑾摇摇头。

自从工作以后,她好像从来没有给自己放过假,生活和工作几乎不分,每天刻板地作息,连下个月或者更长时间的工作都安排满,然后严格根据日程安排进行。新的工作环境，她没有朋友，只有竞争对手，公司的派系斗争也很激烈，就算她只专注工作也会被牵涉其中，而Jacob也是一个忌才的人，锋芒毕露就会遭到打压。所以苏瑾在总部的工作，并不得心应手。

特别是人际关系，她不善处理，有时得罪人也不自知，回头就被使了绊子。

幸好苏瑾有几个重要客户，Jacob对她才有几分忌惮。

有时候也会想回国，这异乡客让孤寂更显沉重。

杨晏然竭力邀请她去家里做客，说父母想见见他的女友，特别知道她也是中国人，更觉得开心。苏瑾有些迟疑，觉得见父母还太早，但后来杨晏然的母亲亲自打电话向她邀约，她实在不好拒绝，只得答应了。

杨晏然的家在城郊，从苏瑾家开车过去要三个小时，一路上苏瑾都有些紧张，看着窗外飞驰而过的景色很沉默。开车的杨晏然了然地伸出手来，握住她的手："别担心，我父母特别开明，很好相处。"苏瑾浅笑着点点头。

苏瑾只听他简单提过，他父母当年是留学生，毕业后就留在美国发展，怕他说不好中文，每年都会送他回国住在外公外婆家，所以他对国内的情况也很了解。苏瑾微笑倾听，她能想到杨晏然的成长是怎样备受呵护，也让他的性格很开朗健谈，很容易就和别人攀谈交流，不像她，在陌生的环境内心都会有些拘谨。

站在杨晏然家门口，苏瑾有些怔，她一直觉得杨晏然来自普通家庭，原来他的家境竟然这样富足。

面前是一栋四层别墅，有些英格兰庄园风格，米红色的筒瓦，淡灰色的花岗岩石，圆拱窗壁下有精雕的石质窗饰，显得格外精美别致。木质的栅栏上花团锦簇，前庭是花园，各种花卉植物热烈芬芳，后庭是游泳池，很恢宏。

苏瑾有些责备地望了杨晏然一眼，他应该早点儿把他家的背景说清楚。

"既来之，则安之！"杨晏然笑着揽了揽她，"我父母人很好。"

杨晏然按门铃，又朝庭院里喊了一声："妈妈！"

一个穿旗袍，绾着头发的中年女人款款地走过来，见到他们嫣然一笑。

苏瑾觉得杨晏然的母亲有种大家闺秀的优雅，她虽然五十来岁，但保养得极好，皮肤白皙，笑起来一丝皱纹都没有。苏瑾不由得想起了母亲，印象里母亲总是穿着旧衣，眉头紧蹙，眼神里全是被生活压抑着的疲惫。

"妈妈！"杨晏然抱住母亲，给她一个贴面吻，又说，"妈妈，她就是苏瑾。"

俞书秋静静打量了苏瑾几秒钟后，啧啧出声："苏瑾，你好。我儿子总在家里提及

你，令我们好奇是怎样的女孩，现在一见果然是秀外惠中。我儿子真有眼光！"

"那是自然！"杨晏然得意扬扬地说，"苏瑾可是KPCB最年轻和最有实力的理财师！"

"那你呢？怎么突然要离开KPCB？"俞书秋嗔怪地问儿子，"当初妈妈其实反对你做金融这一行，你看你爸……"

杨晏然揽住苏瑾的肩膀，打断母亲："妈，快请人家进去。"

"对对对！"她欣然一笑，"快请进。"

苏瑾递上礼物："俞阿姨您好，听晏然说您喜欢杭州的丝织品，就挑了这条丝巾，希望您能喜欢。"

俞书秋接过来，展开丝巾，淡淡的胭脂红的丝巾，更映得她白皙肌肤中又有一丝动人的颜色。

她欣喜地把丝巾戴起来，脸上漾起柔暖的笑意："小瑾，你很有眼光。"

"当然！"杨晏然随即说，"我们俩都很有眼光。"

俞书秋的笑意更浓了，她亲近地挽着苏瑾的手臂穿过花园。

苏瑾身体有些僵直，从小母亲对她爱抚亲近不够，让她并不习惯与陌生人有太过亲昵的举动。

苏瑾随着俞书秋穿过门厅走到客户，从客厅里站起一位头发有些花白的中年男人。苏瑾注意到他正在看的电视里，正播放的是财经新闻。

"杨伯伯。"苏瑾恭敬地打招呼。

杨廷文点点头："虽然我们是第一次见面，但是，你对我们来说，可算是老熟人了，晏然天天都要提起你。"

杨廷文虽然已经两鬓霜白，但是眼神依然犀利敏锐。苏瑾总觉得眼前的男人似曾相识，突然，她想起来了，眼前的中年男人，正是曾经华尔街的一个传奇——杨廷文。

"您是——杨廷文杨老？我们上课的时候，教授以您当年的案子作为经典案例来分析。"这次，苏瑾是由衷的尊敬。

杨廷文微笑起来。

杨廷文当年也是华尔街的精英，创造了无数的奇迹，杨家也曾显赫一时，来往非富即贵，可惜因为一宗大型的投资失败，杨家一夕败落，杨廷文意冷心灰，回到家携妻子过起了退休生活。

杨晏然从来没提过自己的父亲就是传奇人物杨廷文，苏瑾嗔怪地看了杨晏然一眼，他却是满脸的笑意与温情，苏瑾有些微微发窘。她也在此刻明白俞阿姨刚才的欲言又止了，她定然觉得丈夫的事业大起大落，不希望儿子再过这种跌宕起伏的生活，但她看得出，杨晏然对这份工作极有热情。

"都站着干什么，晏然，你带苏瑾去清洗一下，准备吃饭了。"俞书秋愉快的声音传过来。

看得出来，这顿饭杨家二老还是花了心思的，大部分都是苏瑾的家乡菜，苏瑾在吃食一事上，从来不挑剔，但也有小小的感动，他们爱自己的儿子，顺带也重视他喜欢的人。

饭后，俞书秋又端上了水果，一家人闲聊起来，苏瑾没有隐瞒自己的家庭情况，坦白地告诉了二老。

得知她的双亲都已去世，俞书秋连连叹息："孩子，你吃苦了。"

杨廷文出生在普通工人家里，后来的一切，全靠双手打拼，所以，更没有什么门户之见，反而非常欣赏苏瑾的坚韧与执着。

　　苏瑾告辞的时候,俞书秋特意用精美的食盒装了她亲手做的糕点让她带走,又叮嘱杨晏然经常带苏瑾回来家里坐坐。

　　两个人并肩走在街头,杨晏然邀请苏瑾去公园散步。四月暖风吹拂,苏瑾却并没有"暖风熏得游人醉"的适意,有的只是辗转沉浮的心思。

　　"我父母很喜欢你。"杨晏然望向她,"特别是我爸,很久没有见他这么健谈了,跟你聊起股票基金的他仿若又回到当年最意气风发的年代。"

　　"杨伯伯的见解很独特。"

　　"我妈不赞成我做这一行,她更希望我是医生或者大学老师。"杨晏然抬手牵住苏瑾,继续说,"我爸觉得还是资本市场最能成就一个男人的事业!虽然从小跟他学到很多,但我年少时贪玩,没有好好读书,没有很好的学历,毕业后又放逐自己,尝试了很多不同的方向,所以进入KPCB时只能从助理做起,现在连助理也不是了……"

　　"我相信依你的能力一定会成为很厉害的理财师。"

　　"理财师?"杨晏然笑了,"我的野心可不止这些,我想成为比我父亲更棒的资本运作者,想要像他一样成为一个传奇人物。"

　　苏瑾有些黯然:"我从来不敢想这些。"

　　"为什么?"杨晏然诧异地问,"你这么优秀!"

　　苏瑾苦涩一笑,突然,整个公园的路灯突然灭掉,她吓了一跳,下意识地拽紧了杨晏然,他轻轻一笑。

　　"苏瑾,你看,那是什么?"

　　苏瑾抬头一看,只见离他们最近的灯亮了起来,这些灯光最终聚成了一行字:"苏瑾,我爱你,请你让我照顾你一生!"随着他们一直往前走,公园里的灯渐次亮起,组成不同的字,"苏瑾,嫁给我!""苏瑾,遇到你是我今生最大的幸运!"

　　杨晏然牵着她的手,往前走,只觉得她的指尖冰凉,手掌蜷缩在他手心里,如同受惊的鸽子在瑟瑟发抖。

　　苏瑾显然对突然而来的求婚无言以对,杨晏然故作轻松地打趣:"苏瑾,拜托,虽然我不看偶像剧,但也知道,这种时候,女主角不是应该感动得泪光闪闪吗?"

　　苏瑾牵强一笑,她自己都觉得这个笑容极其艰涩。

　　杨晏然的心里滋生起了很强烈的挫败感。

　　果然,苏瑾咬了咬唇,轻轻地抽了自己的手:"对不起,我还没准备好。晏然,这太快了。我们交往还不到一个月。"

苏瑾越说越慌乱。

杨晏然把手指轻轻抵在她唇间:"是我太急了,苏瑾答应我,好好考虑一下,好吗?"

苏瑾点点头:"谢谢你,我会认真考虑的。"

几日后,苏瑾就被安排出差去见一个大客户,签订一份很重要的合同。

每次见客户之前她都会做好功课,尽量有万全的准备。临行前一晚,苏瑾还在办公室确定各种文件,熟悉客户的背景资料。不知不觉时间已经到了凌晨一点。

苏瑾在办公室有个带洗手间的小单间,里面有张小床跟一个衣橱,苏瑾原本打算在办公室将就一夜,第二天直接去机场。

她站起身,一看手机,突然想起来,下班前杨晏然给她打过电话,说今天让她早点儿回去,他有惊喜给她,而她一忙起来竟然全忘记了。

等苏瑾拨通了杨晏然的电话,他已关机。苏瑾立刻起身,刷卡去车库,然后一阵风驰电掣地向她的公寓驶去。苏瑾焦虑、内疚、自责……等她气喘吁吁地赶到家时,杨晏然已经离开,房间氤氲在玫瑰清甜的芬芳里,苏瑾开了灯,餐桌上的牛排已经冷却,红酒已经开启,生日蛋糕上插着蜡烛,苏瑾猛然惊醒,今天正是自己的生日。她能体会杨晏然一直从六点等到凌晨的失望与沮丧,在那一刻,苏瑾觉得同事们暗中评价她是冷血的冰山美人,或许,她真的是冷血又自私的女人。

苏瑾出差了一个星期,回来时,刚到机场,就看到杨晏然俊朗温润如玉的笑脸。苏瑾微笑着迎上去,杨晏然已经定好了餐厅的位置,要给她补过生日,苏瑾顺从了他的安排。

杨晏然订的餐桌位置位于露天的中庭,环境优雅,菜品也很好,两个人都静静地用餐,只听到刀叉的声音,在吃饭后的甜点时,苏瑾跟杨晏然同时开口。

"我有件事情跟你商量……"

"我有件事情跟你说……"

杨晏然笑笑:"你先说吧。"

苏瑾垂下眼睛,轻声说:"晏然,我后来反复想了想,我真的还没有做好结婚的准备,对不起。"

其实,苏瑾想说的是"不如,我们分手吧"。

但她答应了要照顾他,这样的话,她不能说,甚至这样的念头都不应该有。苏瑾愧

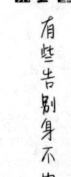

疚地低下了头，不敢看对方的眼睛。杨晏然笑了笑，那笑容在烛光里有几分惨淡。

"苏瑾，你是不是在可怜我？"

说完，苏瑾还没反应过来，他已经站起身，疾步走出了西餐厅。

苏瑾没有站起身，而是一口喝下了杯里的红酒，因为醒酒时间太短，酒还有微微的苦涩，这微苦从喉咙漫延到了全身。她打开手机，翻到一周前顾峥发来的生日祝福。苏瑾用头抵着冰冷的高脚杯，心里有思念在无声荡漾。

接下来的日子，杨晏然没有联系苏瑾，而她接了一个大客户后，忙得恨不能变成八爪鱼，也没时间联系杨晏然。

这天，苏瑾正在开会，助手轻轻推开门，附在她耳边告诉她，杨晏然的母亲来了。

苏瑾匆匆结束会议，回到了办公室。

见到俞书秋，苏瑾一惊，她看起来憔悴又无助，跟上一次见到的温婉从容、恬静端庄的她相距甚远。

一见到苏瑾，她就站起来拉住苏瑾的手："苏瑾，晏然有联系你吗？我们有两日电话不通。开始只当他出差去了，今日我到他公寓和公司找他，却都未见到。"

苏瑾错愕："这几日他也没联系我……"

俞书秋脸色苍白："那他会去了哪里？"

苏瑾急忙安抚她："俞阿姨，也许他是去朋友家或者外出旅行了呢？"

想起前几日的不愉快，苏瑾也觉得不安。

安抚俞书秋离开办公室后，苏瑾坐在办公桌前怔愣片刻。然后她开始打电话、发微信，甚至给周麟打了电话询问，因为担心他会被那些人盯上。

周麟沉默了几秒钟："他们如果想要对付，那目标应该是你，恐怕这是杨晏然自己的私事。"

挂完电话，苏瑾立刻驱车去了警察局报警，又配合警察做了笔录。

5

第二天她推了跟几个重要客户的会议,把她能想到的地方都找了一遍,结果却一无所获。

回到公寓里,苏瑾又困又累,一种无力感突然席卷了她的心。

她望向窗外沉沉的夜景,这里有着世界金融中心特有的璀璨,但这一切,突然让她觉得倦怠。

电话响起来,在夜里格外刺耳,苏瑾接起来,俞书秋焦急的声音传了过来,有些语无伦次:"苏瑾,快开电视,看本地新闻。"

苏瑾急忙打开电视,是一则交通事故,一名华裔男子今晨在弥顿大道被撞伤后,肇事车逃逸,他被遗弃在了公园里的灌木丛里,如果不是清洁工清理垃圾,他还难以被发现。

苏瑾瞪大了眼睛,指尖发凉,差点儿端不住手里的酒杯,虽然画面打上了马赛克,但她认出了那套棕色西服,正是杨晏然最喜欢的那套,当看到画面里伤者血迹斑斑的手时,她手里的酒杯掉到了地上,大脑一片空白,过了好一会儿,她才听到电话已经换成了杨廷文。

毕竟是见惯了大风大浪的人,在这样的情况下,杨廷文也依然保持着冷静与清晰的思维:"小瑾,你看到新闻了吗?我跟你伯母马上赶到医院,你要一起去吗?不,你别开车了,直接打车到医院。"

顿了顿,他又补充:"现在事实还不清楚,所以,你也别太担心。"

苏瑾胡乱套上衣服,拿起手袋就下楼打车,她的心狂跳了一路,双手交握,抵在额间,默默祈祷:"杨晏然,求求你,求求你千万别出事!"

当苏瑾跟跟跄跄地从车上下来时,已经看到站在医院门口的杨廷文跟俞书秋,此刻俞阿姨靠在杨叔叔怀里,满眼泪水。

苏瑾觉得眼前一黑,几乎要昏厥过去,难道是——

杨廷文缓慢而沉重地说:"小瑾,这并不是晏然,只是穿着他的衣服。具体是怎么回事,警察还在调查。"

苏瑾这才松了口气。

俞书秋哭了起来:"晏然,他去哪里了?"

其实,就在苏瑾跟杨廷文夫妇怀着恐惧的心情赶往医院时,杨晏然正在一家华人酒吧的包房里，陷入了烂醉如泥后的昏睡。

酒吧老板桑迪也曾是一名中国留学生，后来结婚离婚，现在独自带着儿子开了这家酒吧。

桑迪跟老公离婚后，两人还像朋友那样相处，他还经常介绍朋友到桑迪的酒吧。

杨晏然就是经过他介绍，才知道这家酒吧的。

来了一次后，他就喜欢上了这里。心情不好的时候，点上一杯酒，找一个角落，静静地坐着，看调酒师花样百出地调酒。

当桑迪不忙的时候，也会跟他聊聊天，后来他们也谈起过苏瑾。

桑迪喜欢听他说，不评价也不给所谓的建议。

她的理由是："你们都是华尔街的精英，你们都搞不定的问题，我能出的也就是馊主意。"

杨晏然内心苦闷。从小到大他都很优秀顺遂，想要得到的就一定会得到，所以苏瑾对他的拒绝让他难以忍受。他不明白苏瑾为什么总显得那么淡漠冷静，她对他从未有过热情亲近的时候，即使他们已经是恋人。

杨晏然觉得自己失败了。

他甚至觉得苏瑾只是同情他，才会和他在一起。可是他要的不是同情怜悯，这伤了他一个男人的自尊，更伤了他的心。

桑迪给他盖上毯子，叹口气，轻轻地关上门。

杨晏然这次其实是被桑迪"捡回来"的，她开车看到他时，他正醉倒在路边的长椅上，手机不见了，连身上的外套都不见了。

桑迪下车，费了九牛二虎之力把他弄到汽车后座上躺好，之后就把他带到自己的酒吧里。

杨晏然是华人，平时温文儒雅，出手大方，他乐于给桑迪在投资理财上一些小建议，让桑迪获得不少意外惊喜，桑迪已把他当成了朋友。

第二天中午，杨晏然清醒过来，见着桑迪，他苦笑一下，耸耸肩："我求婚被拒绝了，去见了一个投资人，结果还被抢了。"

桑迪不以为然："杨，失恋而已，我离婚带着儿子也过得很好！"

"这是我第一次爱上一个人。"杨晏然顿了顿，"我从来没想过爱一个人会这么痛苦，你的付出和努力，对方无法感受，这真是令人煎熬。"

桑迪惊讶地望向他，认识快两年，她从没见过他如此脆弱的模样。

桑迪边喝咖啡边玩手机，突然，她叫了一声："老天，晏然，你要出名了……你的苏,她正发朋友圈四处找你。"

　　杨晏然接过桑迪的手机一看,果然,有人在转发寻找他的消息。杨晏然感到自己的心都要跳出来了,他兴奋又忐忑,直接用桑迪的电话拨打了苏瑾的号码。

　　杨晏然打通苏瑾电话的时候,她正跟警察交涉,询问寻找杨晏然下落的情况,自然是没什么结果。

　　所以,苏瑾听到第一声"苏瑾,是我"的时候,还有点儿漫不经心,可一下秒,她就反应过来了。

　　"晏然,是你?你在哪里?我马上来接你。"

　　当苏瑾在桑迪的酒吧看到杨晏然时,真有种恍如隔世的感觉。

　　她奔跑过去,紧紧地拥抱了杨晏然,闭了眼睛,轻柔但清晰地说:"我答应你,晏然。我们结婚吧!"

　　幸福来得太突然,以至于杨晏然有点儿不相信:"你刚刚说什么?"

　　苏瑾重复:"晏然,我答应你的求婚,我们结婚吧。"

　　杨晏然更紧地拥抱了苏瑾,她靠在他身上,心中有种终于抵达彼岸的释然,但内心的某个角落里,有一个轻盈又绚丽迷人的小水泡,正在慢慢地破裂、消逝,里面是小小的苏瑾最隐秘的快乐与梦想,里面有自由,也有顾铮……

第2章 有些告别身不由己

Zhijian Hualiang Yi Cheng Shang III

第 3 章
开启一段新旅程

苏瑾没想到在自己答应杨晏然的求婚后，他跟自己谈的第一件事情，不是商量结婚细则，而是劝自己回国发展。

杨晏然显然是有备而来，他把手里收集好的一些资料和数据放到了苏瑾面前。

"苏瑾，我认为回国无论是对你弟弟，还是对我们，都是最佳选择。"

苏瑾看着他，不说话，杨晏然顿了顿继续说："爸爸也是这样认为的，从半年前，爸爸就已经在关注国内的金融市场，我出事后，爸爸也下了让我们回国发展的决心。"

苏瑾默然了。

经历了周老先生的风波，她的业绩确实受到了一些影响，但遇到困难就放弃、逃避，从来不是苏瑾的选择，只是杨晏然此刻的状况很难在华尔街立足，相比较而言，国内的环境会更利于他的事业发展。

其实心里也是知道的，也许杨晏然选择她，也是因为他们可以在事业上并驾齐驱，他想要实现他父亲当年的辉煌。

不过正因为清楚他的一些心思，她心里更觉得安稳，她所看重的也是事业，并不想在儿女情长里牵绊太多。

她给不起那么多时间，也无法回应太多的情感，但她可以帮助杨晏然成就他的事业，当然，这也是成就她自己。

苏瑾考虑了三天后，答应了他的建议，同意跟他回国发展，创建属于他们的投资理财公司。但苏瑾提出希望等他们的公司步入正轨以后，他们再注册、举行婚礼仪式。

杨晏然望着她的眼睛说："我当然不能让你在我一无所有的时候嫁给我，之前，是我太自私，苏瑾，抱歉。"

既然打算回国，苏瑾立刻着手办理离职手续，Jacob早就希望苏瑾能离开，因此她的离职过程格外顺利，很快就完成了交接。

等一切都处理好，苏瑾给梁宏发微信，告诉他自己要回国了，顺便问他有没有想要的礼物。

梁宏回复了一个笑脸：姐姐，你能回来就是最好的礼物。

苏瑾笑了。

姐姐要回国这个消息，像一个泡泡在梁宏心里不断膨胀，他必须要找一个人跟自己分享这个巨大的惊喜。这个最佳人选，自然是顾铮，梁宏明白，顾铮哥对姐姐的想念一点儿不比自己少。

顾铮在电话里沉默了好一阵，才问："你姐姐，她没事吧？"

梁宏想了想说："应该没有吧，我看她挺平静的，还问我要什么礼物。"

"哪趟航班知道吗？"

梁宏回答："姐姐还没定，她总要收拾一下行李吧。放心吧，顾铮哥，只要一有姐姐的消息，我准是第一个告诉你的。"

顾铮笑了："好，明天请你吃好吃的。"

梁宏欢呼起来："哦耶，明天又有大餐啦！"

顾铮叮嘱梁宏早点儿休息后，自己却失眠了。

她要回来了，是做一个项目还是回来定居了？

为什么突然想到回来，是在美国不开心吗？

顾铮想起了第一次见面时，那个面沉如水、眼眸黑亮、唇色苍白却总是很倔强的女孩。那时候他只是诧异，因为她跟他想象中的书呆子不太一样。她的眼波很平静，眼神中却透出热烈的渴望。

后来，他也不知道自己一颗心怎么就只为了她的喜怒哀乐起起伏伏，成为他青春里最幸福也最伤感的牵绊。

在美国帮她打官司后那段短暂的日子，是他最开心的时光，她真的是接纳了自己……如果没有李凤华的自杀事件，苏瑾还会再次推开自己吗？

顾铮眼望着桌上的素馨，微微笑了，只要她回来，自己就能看到她，就不用经常对着地球仪发呆；只要她回来，他们就能真正呼吸到同一个城市的空气，甚至，他们还有机会在一起，不是吗？

苏瑾回国的日期定在了一个周末，一大群人来接她，顾铮是带着梁宏一起来的，莫小晚自然一大早就拉着陈白到机场等着。当苏瑾跟杨晏然出现在大厅时，莫小晚跟梁宏都冲了过去。

莫小晚大叫："太好了，你终于回来了！"

梁宏也说："姐，你这次回来，真的不走了吗？"

苏瑾点点头，感觉到一只手揽住了自己的肩膀，那是杨晏然的手，修长、白皙、完美如同艺术家。外表看上去毫无瑕疵，然而……

莫小晚这才注意到杨晏然，上下打量他一番之后，注意到了他揽着苏瑾肩膀的手。心下骇然。

一道炙热又迫人的视线压了下来，苏瑾努力让自己的微笑跟声音显得自然。

"杨晏然，也是投资理财顾问。晏然，这位是我最好的朋友莫小晚，弟弟梁宏……"

苏瑾抬起头，人来人往的大厅里，已经没有了顾铮的身影。

虽然他们的目光一直没有交汇，但是苏瑾通过余光也看到，顾铮穿着白色风衣，颀长的身影，玉树临风。她不断地告诉自己要控制住自己，她能给顾铮的只是无尽的麻烦，会让他一生负累，与其这样，不如两两相忘，把最美好的部分留在记忆里。

顾铮开着车穿行在车流中间，眼睛酸涩，他从一开始就看到了苏瑾身边的男人，那个人笑意浅浅，很自然地站在苏瑾的身边，他安慰自己，也许是她的同事，或者客户……直到看到他那么自然地揽住她的肩。

之前的每一次思念，每一次回忆，都变成了最锋利的利刃，在他心间来来去去，他才知道，心是真的可以痛得无法呼吸。

"苏瑾，苏瑾，你在想什么？"莫小晚的声音让苏瑾回过神。

"刚刚……"

"刚刚我说，你们先去酒店休息一下，晚上我请你吃火锅。"

"我没问题，"苏瑾把头转向杨晏然，"晏然，你呢？"

"只要你喜欢，我都可以。"杨晏然伸手想抚摸苏瑾的头发，不知道是不是巧合，苏瑾刚好有电话，她低头拿电话时避开了他的手，杨晏然不禁心头一凛。

莫小晚让陈白开车送梁宏、杨晏然去酒店，她自己跟苏瑾打了一辆的士。苏瑾看出莫小晚是有话要跟她说。

果然刚上车，莫小晚就迫不及待地说："苏瑾，你真要跟杨什么然在一起？"

"杨晏然。是啊，不然，我也不会跟他一起回国发展。"

"苏瑾，你可要想好了，顾铮这么多年一直等着你，你真的就放下了？你是没看到顾铮看到那个杨什么然的时候，脸色多难看，简直像地球要毁灭了那么绝望，对，就是那种生无可恋的感觉。"

"小晚，顾铮永远是付出比我多的那个人，他是公司重点培养的飞行员，他也是肖阿姨唯一的儿子，所以，小晚，他应该有更好的人生。"

"你还跟小时候一样，总想那么多，也许，顾铮他就乐意这样做呢？"

苏瑾想了想，慢慢地说："我怕有一天，他会后悔，我们会相看两相厌。"

"难道你一直要这样逃避？"

苏瑾艰涩地回答："小晚，我并不觉得自己是个幸运儿，你看，我们在波士顿那么开心，结果，他差一点儿……差一点儿就在我面前失去生命，我不知道下次，我们还有没有这样的幸运。"

　　苏瑾闭上眼睛靠在椅子上，就在莫小晚以为她睡着了时，苏瑾却低低地开口了。

　　"小晚，其实，我很害怕。"说完这句话，苏瑾就不再说话了。

　　的士已经停在了酒店门口，莫小晚刚想说什么，杨晏然却已经向他们走了过来。莫小晚在心里叹息了一声。

2

莫小晚挑了人气最旺的火锅店，陈白早已经打电话订好包间。

一行人直奔火锅店，梁宏已经跟苏瑾差不多高了，他不好意思再像小时候一样黏着姐姐，眼睛却一直没有离开过苏瑾，孺慕之情，溢于言表。

这是一家花园式风格的火锅店，所谓的包间也是用植物作为隔断，他们刚坐下来，点好菜，突然余蓓蓓从隔壁探出头来，见到苏瑾，惊得一怔："刚听到声音很熟悉，没想到真的是你呢！"

"你怎么会在这里？"莫小晚觉得世界太小了，竟然在这里能遇到余蓓蓓，其实在美国跟她相处的那些日子，莫小晚挺喜欢余蓓蓓的，觉得她是个没有心机、单纯可爱的姑娘，只是她喜欢的人偏偏是顾峥，在她看来，就是她不怕死地给自己挖了个坑跳。

余蓓蓓努努嘴，有些无奈地说："来相亲。"

"哦？"苏瑾挑了挑眉，想不到余蓓蓓竟然甘心听从家里安排来相亲。

余蓓蓓叹口气："我爹妈现在把相亲这件事当作家族头号大事，每天都是三姑六婆到我家推销……"正说着，她收了声。

原来那相亲对象见余蓓蓓在隔壁包间，觉得她遇到熟人了，出于礼貌就过来打招呼，见到众人一一颔首，自我介绍："大家好，我叫林健，是牙科医生。"

"要不坐一起吧？"余蓓蓓笑着说，"两个人吃火锅挺没劲的。"

说着，她询问地望了林健一眼，他脸上有点儿挂不住，觉得自己是来相亲的，一看余蓓蓓就没诚意，刚才一直默不作声，现在见着朋友了就满脸都是笑容。

他觉得不悦，说："正好我临时有点儿事，那你跟你朋友一起吧。"

余蓓蓓如释重负，对他倒是热情了一些，连声说"拜拜"，还送到了门口。

余蓓蓓坐下后，凑到苏瑾身边低声问："你回国，顾峥知道吗？"

苏瑾一时语塞。

"他知不知道你都没希望。"莫小晚直白地打击道，"余蓓蓓，我说你对他还没死心呢？"

"他都没死心，我凭什么就要死心……"余蓓蓓小声地嘟囔道。

陈白见苏瑾情绪低落，赶紧打着圆场："这家的火锅要提前好几天预订，余蓓蓓，看来你的相亲对象对和你的这次'会晤'挺看重的。"

余蓓蓓不以为然地"嗤"了一声。

莫小晚还想说什么，见杨晏然走进来就收了声，杨晏然问苏瑾："那个人认识吗？"

苏瑾侧过头一看，一个穿着夹克的帅哥正坐在距离他们不远处的一张桌子旁，就点了一听饮料，毫不掩饰地盯着他们这一桌。

苏瑾冲杨晏然摇摇头，莫小晚看了一眼说："可惜了，那么一个帅哥，竟然是个傻子。"

"可不是个傻子吗？"余蓓蓓突然扶额叹息，"我上辈子究竟犯了什么错，老天要派他们来惩罚我？"

秦棋笑了笑，走了过来，讨好地说："蓓蓓，我是花了大价钱才打听到你今天又被迫相亲，所以就赶紧来救场了，不过觉得刚才那一幕太精彩了，你都没见那个人走的时候有多气急败坏！"

莫小晚瞪大了眼睛："这不会又是你的另一个追求者吧？"

余蓓蓓正把一块煮熟的肥牛塞进嘴里，含混不清地说："嗯，我妈同学的表妹的嫂子的侄子，相过一次亲后，就变牛皮糖了。"

莫小晚非常惋惜："你说，现在的人是不是都是近视眼啊？怎么会看上你这棵白菜？"

余蓓蓓一指陈白："不近视怎么会戴眼镜呢？"

陈白给余蓓蓓倒上椰汁，又把一瓶酸奶插好管子递给莫小晚。

陈白无奈地说："仙女们，赶紧吃菜吧。"

一行人吃饱喝足了，莫小晚示意陈白去买单，服务员笑吟吟地走过来。

"那位先生已经买过单了。"服务员告诉他们。

莫小晚笑了："你倒是表现得挺积极，不过她可不吃你这一招。"

"还望指点迷津。"

"你就不是她那盘菜！"

"我相信精诚所至，金石为开。"

"这开不是付出努力就有收获的事……"

"别废话了！"余蓓蓓挽住莫小晚的手拉住她往前走。

秦棋也跟上去，走到他那辆银灰色玛莎拉蒂面前，做了一个请的动作，绅士十足地说："希望有幸可以送几位女士回家。"

余蓓蓓径直绕过他，走向自己的车，莫小晚对着秦棋耸耸肩，做了一个爱莫能助的表情，拉着苏瑾上了陈白的车，杨晏然也上了车。陈白开车后，苏瑾回头看，那辆引人注目的玛莎拉蒂一直不紧不慢地跟着余蓓蓓。

杨晏然对国内的投资公司投入了极大的热情。

"信汇投资公司"是他早想好的公司名字,他亲自设计了LOGO(商标),注册成功后,他又以最快的速度,通过比较知名的房产中介公司,选定了办公楼地址,租了其中一层,请装饰公司、选定办公家具……

杨晏然每天忙得脚不沾地。苏瑾的小公寓距离公司有点儿远,他不想苏瑾太累,于是在附近租了一间公寓酒店暂住。到了晚上,才有时间跟苏瑾视频,然后跟他聊聊办公楼的进度。

苏瑾正在整理客户的资料,有些漫不经心地说:"晏然,我相信你,这些事情,就不用告诉我了。对了,告诉你个好消息,有一家风投公司有投资意向。如果他们真的投资的话,公司的资金问题也就迎刃而解了。"

杨晏然笑了笑:"苏瑾,他们在你身上的投资,将来的收益一定是现在的几倍。"

苏瑾揉揉眼睛:"你就对我这么有信心?"

"当然,你是我这辈子最值得的投资。"

苏瑾低下头,没有回应杨晏然的期待,气氛顿时有点儿尴尬。

杨晏然心里有些失望,每次都这样,当他想要说些甜言蜜语的时候,她就沉默以对,他们之间哪里像是情侣?他有时候真的猜不透她心里在想什么……是她个性本来如此,还是只对他才这样?当初他对她一见倾心,若不是那场意外,他也不会有机会和她在一起,虽然知道自己有些强求,但他真的爱她呀!从来没有一个女人能令他如此牵肠挂肚,患得患失……交往一个月他就向她求婚,也是因为他认定这一生她就是他想要厮守的那个人。

可苏瑾为什么不明白他的心意呢?每一次面对他的热情,她的冷漠就像一盆水将他的心都淋透了。

杨晏然缓缓语气说:"不早了,你早点儿休息,晚安!"

"好,晚安。"苏瑾淡淡回答。

视频断了,苏瑾继续在电脑前工作,思绪却不由得飘远了,她眼前浮现的是槐树街里的那间米粉店,那种热辣、鲜活、纷繁又世俗的气息扑面而来,伴随着这些记忆,还出现了顾铮的身影,漆黑倔强的眸子,强装不在意的别扭表情,被看穿时的尴尬……

苏瑾强迫自己停下来,她不能总沉浸在回忆里,当初是她要离开,也是她要分手……现在她已经和杨晏然在一起,不能再这样心猿意马了。

新公司的发展比苏瑾和杨晏然想的还要顺利，有老客户的支持，加上苏瑾麻省理工学院、KPCB公司首席投资顾问的履历，公司从一开始就呈现了很旺的势头。

开业这天，收到的鲜花都排到了十米以外。

没有人时，莫小晚递给苏瑾一个盒子道："有人让我送给你，祝贺你成功开了自己的公司。"

苏瑾打开锦盒，里面是一块小巧的蔚蓝色女士腕表，典雅精致，充满了印度风情。

莫小晚尖叫一声："是宝诗龙的腕表啊。"

苏瑾看到过一篇杂志，这款腕表的女士手表，据说设计创意来源于印度城市焦特普尔城，是设计者对蔚蓝之城——焦特普尔城的致敬之作。

之所以印象这样深刻，是因为顾铮跟她提起过这座蔚蓝之城的神秘与迷人，那时苏瑾看了一眼顾铮递过来的杂志，莫名地就被焦特普尔城奇丽的景象吸引了，那个城市就是一座蓝色的海洋，静谧、宁静、柔和、安详。

苏瑾记得，当时顾铮说他们有时间一定要去看看，因为她难得这么直白地表现出喜欢。

苏瑾自嘲地笑笑："像我们这种天天跟钱打交道的人，去了那里，带去的也是浮躁。"

"只有内心真正平和的人，才能做好你的工作。"顾铮在心里接着补充，"你知道不知道，你专心工作的时候，是多么迷人。"

不用问，苏瑾也知道这是顾铮送的。

苏瑾轻轻地合上锦盒，有些犹豫："这太贵重了，小晚，我……"

莫小晚劝她："收下吧，这是他的心意，你不接受，他会更难过。给我这块表时，他让我转达你，'苏瑾，只有你过得快乐，我的放手才有意义'。唉，我都要难过起来了，你说你们……唉，算了。"

苏瑾紧紧地攥住锦盒，指尖发白，动了动嘴唇，却最终沉默了下来。

杨晏然的出现打破了两个人的沉默。他手里拿着一沓文件，匆匆地走过来。

"苏瑾，这些是今天来应聘人员的简历，我初步筛选了一次，你看看。"

说完，他把其中一小沓文件递给苏瑾。

苏瑾接过来，随便翻了翻又还给他："你决定就行了。"

杨晏然重新递了过来："你的助理，可要你自己选。"

苏瑾点点头，接了过来："好，我选定了告诉你。"

说完工作上的事，两个人又无话了，莫小晚有些夸张地说："真是服了你们了，两个工作狂，我可是饿了，你们可以照顾一下我的肚子吗？"

苏瑾笑了笑，挽住她向办公室走去："好好好，今天中午我请客，日本料理、韩国烤肉、澳洲牛排随便你选。"

莫小晚立刻顺着杆子爬："土豪，我们做朋友吧。"

吃完饭已经夜幕降临，杨晏然说还有点儿事情没处理完，需要回公司加班，让莫小晚载着苏瑾回家。

在路上的时候，苏瑾突然想起来说："小晚，我有份文件落办公室了，必须今晚做出那个投资计划，明早开会要用。要不，你在前面把我放下。"

莫小晚开到一个十字路娴熟地掉头："我送你去，今晚就窝你那儿住了。"

苏瑾上楼的时候，看到杨晏然办公室的灯还亮着，他坐在电脑前，专注地盯着股市大盘。苏瑾走进茶水间，给他倒了杯咖啡，又切了一个鲜橙放到洁白的小瓷盘里。

当杨晏然听到声音，抬起头看到是苏瑾时有些诧异，但随即脸上有掩饰不住的惊喜。

"你等我下班吗？"

苏瑾在他的注视下有些不自然地解释："回来拿一份文件，明天要用的。你也早点儿休息。"

他们的写字间装修好后，杨晏然就在公司楼上租了个小公寓，决意把公司当家。

杨晏然心里有些失望，接过橙子，柔声问："你心里只想着工作，能不能留点儿位置给我？"

"晏然……"苏瑾欲言又止。

"算了！"杨晏然泄气地说，"谁叫我喜欢的是苏瑾你呢，不会撒娇不会卖萌也不会示弱，整个就是铜墙铁壁的女超人……"

"我哪有！"

"和你谈恋爱我有心理准备。"杨晏然站起身揽住她，"我会耐心地等待，等着你真心愿意和我结婚的那一天，而不是因为感动和感激。"

"谢谢你！"

杨晏然笑起来："快回去吧，很晚了。"

"好。那你早点儿休息！"

"这么晚了，我不放心，送你吧！"

苏瑾离开他的怀抱："小晚在楼下等我，你早点儿休息。"

没有等杨晏然再坚持，苏瑾已经匆忙转身，她落荒而逃的样子让杨晏然的心如坠冰窟，他们在一起都这么久了，她却还是抗拒两个人单独相处。他曾经从梁宏那里打听来一些苏瑾和顾峥的事，难怪几次见到顾峥，苏瑾都表现得很不自然……他知道这个男人在苏瑾心里的地位，梁宏一口一个"顾峥哥"，这真是令杨晏然嫉妒。

苏瑾匆匆下了楼，坐上莫小晚的车后，很久没说话。

莫小晚扫她一眼："你怎么了？脸色这么难看？"

苏瑾摇摇头，轻声说："大约最近太累了。公司在创业阶段，很多事要处理。"

沉默了一会儿，苏瑾困惑地问："小晚，我是不是做错了？"

"指什么？"

"我和杨晏然。"

"当然是错误！和你在一起的人应该是顾峥！谁都看得出来你们之间有感情……"

"可是杨晏然为了我……"

"你总是替别人着想！"莫小晚叹口气，"你怎么从来不想想你自己？"

"你觉得我会是一个好妻子，或者好母亲吗？"苏瑾自嘲地笑，"我忙得连自己吃饭都顾不上，难以想象要去照顾一个家庭，相夫教子。"

"唉。"莫小晚叹口气，"其实顾峥根本不在意这些，他会支持你，会理解你……"

"他太累了。"苏瑾茫然地说，"这么多年他为我做的已经够多，我不想拖累他。"

"可是你明明不喜欢杨晏然呀！"

"他和顾铮不一样，他喜欢我，但是对事业同样有野心，我不会是他世界里的唯一，所以和他在一起我没有那么大压力。"

莫小晚侧过头看苏瑾，认真地说："苏瑾，如果觉得你们不合适，哪怕有一丝的勉强，都不要强迫自己。如果你觉得杨晏然没办法让你有那种一生都想相守的感觉，那就干脆分手。其实，我觉得你们做合伙人、朋友也挺好。"

"小晚，但是你知道吗？杨晏然的双手是因为我才被人砸伤的，他本来是很有前途的股票经纪人，现在他这一生都不可能再做投资顾问或者股票经纪人。而且，他其实也没什么不好，甚至是理想的结婚对象。现在我们两个人的事业也捆绑到一起，更不可能轻易分开。"

"你怎么这么糊涂？感恩并不是爱情，如果要补偿，咱们多给股份，多分红，有其

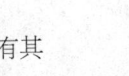

他方式……"

"不仅仅是感恩，我也累了。我真觉得自己就是一个不祥的人，只会给身边的人带来不幸。杨晏然是这样，顾铮也是这样……大家都平安就好。"

莫小晚还想说什么，苏瑾已经靠在座椅上闭上了眼睛。

莫小晚轻轻地打开音乐，久石让《天空之城》的天籁之音在耳边萦绕。

苏瑾微笑："这么多年，还喜欢宫崎骏？"

莫小晚没说话，最开始喜欢听宫崎骏的，并不是她，而是唐柠。他常常在画室里，让《天空之城》的旋律一直萦绕，他握住画笔，微微皱着眉头，侧脸看上去如希腊神话里的美男子，鼻梁挺直，线条完美。

4

莫小晚画完最后一笔时，才发现脖颈酸得厉害，肚子也饿了。拿起手机，有十多个未接电话，都是陈白的。莫小晚刚想把电话打过去，陈白已经开门进来了。

"饿了吧？先吃块蛋糕垫垫，今晚有惊喜。"

醇厚甜香的蛋糕，还微微冒着热气，轻轻咬一口，松软细腻，是她最喜欢的那家"在云端"蛋糕房的。

吃了甜食，莫小晚总算觉得有点儿回过神："你今天说有惊喜？有什么惊喜？"

陈白笑了笑："我以前的同事来中国出差，给我带了一瓶他们家酒庄的葡萄酒，一定要请你尝尝，走，去我的办公室吧。"

莫小晚说："那为什么要去你办公室？"

陈白笑了，并不回答。

陈白开了门，莫小晚的眼前一亮，办公桌拼成了一整张长条形的方桌，铺着洁白的蕾丝桌布，有一个水晶瓶的花瓶里插着盛放的玫瑰，玫瑰馥郁的清香溢满房间。桌上不仅有精致的冰激凌，还有一套精致的西餐餐具。

陈白绅士地请莫小晚坐下，为她倒好葡萄酒，又揭开餐具上的不锈钢盖，里面是色泽鲜嫩的七分熟红酒牛排，香味扑鼻。

莫小晚饿得早已有些迫不及待，刚要举杯，却听到一阵急促的敲门声。陈白有些恼怒这样的温情时刻被打断，不情不愿地打开门，却被人推开。

走进来一个眼皮浮肿、头发蓬乱的中年女人。

她走到桌子前，看着玫瑰花，还有牛排、甜点，冷笑起来："陈律师，日子过得滋润啊，喝血吃肉很爽吧？"

她把脸转向莫小晚："不觉得吃着这些恶心吗？跟这种社会败类一起，你真吃得下去？"

陈白的脸沉了下去："李女士，请你马上离开，否则我拨打110了。"

中年女人大概是刚哭过，嗓子有些嘶哑，但激动的情绪又让她的声音高亢尖厉。

"你打啊，你打啊！"女人已经一把抓起桌布，上面的东西稀里哗啦倒了一地，那个水晶玻璃花瓶也在地上摔得粉碎。

陈白眼明手快地护住莫小晚，避免她被碎玻璃扎到。

女人显然是有备而来，突然就拿出一根木棍，冲着办公室里的电脑、投影仪、文件柜……不要命地砸下去，一时间只听到乒乒乓乓的声音，看到乱屑横飞。

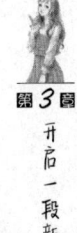

陈白气急败坏，冲上去抓住她的手："你疯了吗？你知道你会赔多少钱吗？"

"大不了同归于尽！"女人歇斯底里地喊道。

莫小晚上前从她手里抢下木棍，厉声说："这位女士，打官司输了就输了，律师站在当事人角度，最后还是由法官宣判！不服你上诉呀！你在这里闹没有任何意义！"

"对，我没钱，请不起律师，就算我上诉肯定也是同样的结果，所以我也不会让你好过！"女人红着眼睛，瞪着他们俩，想要抢过棍子，无奈双手被陈白禁锢，只能用蛮力挣扎。

"到底怎么回事？"莫小晚气恼地问。

"她是我客户的前妻，孩子跟了客户，她要给抚养费。"

莫小晚掏出手机报警："真的疯了，孩子的抚养费不应该给吗？至于这样？"

陈白拦住她："算了，她失去孩子抚养权，也挺惨的。"

莫小晚瞪着女人："你快走，要不警察来了你脱不了干系！"

"你们松手！"女人稍稍冷静下来。

陈白和莫小晚对视一眼，陈白缓缓语气说："法院虽然已经判了，但你还可以上诉。"

"你们先放开我。"

陈白见她冷静下来，便松开手，女人瞪了他们一眼，转身欲走。

陈白刚要松口气，谁知她突然捡起一个杯子朝一旁的鱼缸砸过去，随着"砰"的一声炸响，莫小晚只觉得脸上先是一凉，接着是一记尖锐的刺痛，溅起的玻璃碴儿划破了她的脸。

"啊！"陈白低呼一声，赶紧去查看小晚的伤口，虽然很浅，但已经有血渗出来，"去医院看看吧！"

"不用！"莫小晚拿纸巾在脸上一擦，恼怒地说："你是当妈的，为了孩子的抚养费，你至于这样？"

女人有点儿砸累了，一听莫小晚的话，急促又尖厉的嗓音冲她吼。

"你知道什么？就是这个披着狼皮的律师，跟那个坏蛋一起算计走了我的冬冬。我的冬冬从生下来，就一直跟在我身边，从没有离开过。冬冬生病了，那个坏蛋却在外面鬼混……孩子的药费，那坏蛋都拿去打牌、养女人……后来，我卖了房子，借了高利贷，医好了孩子。孩子住院这么长时间，那坏蛋除了来要钱就没看过冬冬一眼。这坏蛋后来跟一个不要脸的女人好上了……也是报应，那女人有钱，就是生不了孩子，这个坏蛋就想起我的冬冬了。他跟那个女人一起，抢走了我的孩子！我的冬冬啊，我的冬冬才五岁啊！没有冬冬，我也不想活了，打死一个够本，砸死两个赚了！"

因为动静太大，旁人早已经报警，几个警察走了进来询问几句后，要带走女人。

临走，女人回头用怨毒的眼神盯着陈白："人在做，天在看，你要遭报应的，你要遭报应的！"她又冲莫小晚嚷："这样狼心狗肺，为了钱什么事都做的男人，你也敢要？你也不怕遭报应？"

女人的呼号声渐渐远去，莫小晚静静地看着陈白，陈白在她的注视下，表情有些不自然。

他嗫嚅着说："小晚，你别想多了，其实，孩子跟着他父亲条件好得多，这女人，一直靠当钟点工挣钱生活着……"

莫小晚打断了他："她说的是真的吗？"

"小晚，你别这样，这个官司她几乎没有胜算。就算我不接，其他人也会接，客户已经聘请我做他们公司的法律顾问……"

莫小晚冷冷地盯着他："她是钟点工，所以，她就不配陪在孩子身边？因为她前夫有钱，所以，你就能当帮凶帮他抢孩子？"

"我知道她值得同情，但同情代替不了法律！何况这是孩子的意愿吗？你怎么就能断定他就喜欢跟着母亲呢？从孩子的成长来看，跟着父亲生活肯定比跟着母亲生活好！"

"不要强词夺理！"

"小晚，你也要冷静一点儿！我只是一个律师，不是法官，我无法做出审判，但我的职业就是这样的，我得为当事人辩护！"

"这样的案子你也可以不接呀！"

"我就是因为同情这个母亲才接了这个官司！"陈白认真地说，"虽然帮我当事人争到了抚养权，但我可以为母亲争取更多的权益，无论是财产还是探视权……"

"如果真如你所说，那她怎么会上门找你闹？"莫小晚冷冷地说，"做人要有是非跟底线，不能够为了钱出卖自己的良心！"

"莫小晚！"陈白也动怒了，"你就是这样看我的？既然你已经认定我是个唯利是图的小人，那我多说无益！不管你信不信，我已经替她争取了最大的利益！"

"利益？"莫小晚反问道，"你觉得她想要的是财产吗？母子分离是多么残忍的一件事，你真是让我失望！"

莫小晚说着摔门而出，陈白也赌气着不肯去追。他觉得莫小晚看低了他，他陈白真的是没有原则吗？交往这么久她还不了解他，甚至连解释的机会都不给他？他虽然打赢了官司，但也在协议里补充了一条，如果父亲没有尽到陪伴照顾孩子的责任，那抚养权会转给母亲。目前只是一审结果，有二审，他自然知道那位父亲只是想要儿子，但怎么会有耐心和爱心去陪伴孩子呢？只要能证明这一点，并且有孩子的证言，过不了多久，二审的时候相信法官会将抚养权还给母亲。

可是这些他都不想、也没机会再解释了。

5

站在路边，莫小晚等了许久都没有一辆空车。她有点儿踌躇是不是干脆步行去地铁站算了。此时一辆银色的车停在面前，顾铮的脸探了出来：

"这时间不好打车，上来吧，我送你。"

莫小晚大大方方地上了顾铮的车，顾铮侧头看她一眼，有些惊讶："怎么还挂彩了？前面的抽屉里有创可贴，你自己贴一下？"

莫小晚这才感觉脸上火辣辣地疼。

她拿出创可贴贴上去："你说，你一个男人还在车上备这玩意儿？"

顾铮不说话，专注地看着前面。他想到了苏瑾，他跟她故事的最开始，就是一盒创可贴，后来，他好像对创可贴有一种强迫症，卧室、办公室、家里、车里，甚至随身的休闲包、皮包……都备着创可贴，好像这样才踏实。

莫小晚其实也没心情跟顾铮闲聊，两个人各怀心思地沉默着。

最终还是莫小晚先开口："你关心苏瑾，想知道她的情况，就直说吧。你从一开始就跟着我吧？"

被莫小晚看穿心思，顾铮也没觉得尴尬，只感到苦涩——他连去见苏瑾的勇气都没有，关于她的消息，只能通过莫小晚来获知。

莫小晚叹口气说："其实，你也能猜到，苏瑾整天忙个不停，每天不是分析数据，就是见客户。你呢？"莫小晚看他一眼："看样子你的情况也不怎么样啊。"

顾铮扯了扯嘴角，莫小晚猜的没错，他最近不仅是不怎么样，而且是很糟糕。

"苏瑾——"

"她就是忙，你也知道她事业心很重，现在又是创业阶段，各种事都要亲历亲为，一天到晚连轴转，我见着她又瘦了。"

"劝她也没用。"顾峥苦涩一笑，"也许只有忙碌的时候，她才会真正快乐起来。"

莫小晚理解顾峥的意思，因为苏瑾太不容易了，她这一路走来经历太多，所以她比别人更加渴望成功，更加专注于事业。

而顾峥，他性格里的淡然和对感情的执着，令他和苏瑾有了一道沟壑。

也许这就是相爱容易相处难。

Zhijian Hualiang Yi,
Cheng Shang III

第 4 章
醒不来的噩梦

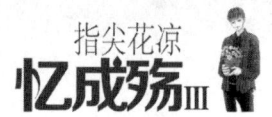

送莫小晚回家后，顾峥在车里坐了许久。

公司近日引进了一批最先进的客机，领导特意指定了十个资质、表现尚佳的飞行员对新机型的驾驶进行培训。为了尽快掌握，顾峥最近总是加班到很晚才回家，有天回家，他发现客厅里落地灯亮着，母亲正握住余蓓蓓的手，在客厅里流眼泪。灯光笼罩在她身上，昏黄的光晕下，她的身影有些佝偻，顾峥有些心酸地发现，母亲真的开始老了。

余蓓蓓看到顾峥回来，立刻站起身道："还没吃饭吧？我去给你下碗面，你陪陪阿姨。"

说完，她给顾峥使个眼色，然后走进了厨房。

肖琴看到儿子，哽咽着说："儿子，我跟你爸要离婚，这套房子也得卖，你做好思想准备。"

"妈，您说什么？要跟我爸离婚？我是不是最近飞行练习太多，出现幻听了？"

"儿子，你没听错，我是要跟你爸离婚。"

"妈，您没生病吧？都让你少看那些没营养的偶像剧了，整天胡思乱想。"

肖琴抬起头，憔悴不堪："儿子，你觉得我会拿这事儿开玩笑？"

"为什么啊？"

顾峥只觉得一个头两个大，印象中，父亲凡事都迁就母亲，俩人别说吵架，就是红脸的时候都很少。母亲开朗慈祥，父亲温和睿智，对他也开明，可怎么会闹到要离婚？

肖琴握住顾峥的手："你爸他喜欢上了别的女人。"

顾峥的眉头拧成了"川"字："妈，您怎么知道？几十年了，我爸是什么样的人，您还不清楚？"

"正因为我了解他，所以，才觉得你爸这次是真的动心了。"

肖琴拍拍他的手，站起身，环视四周："儿子，妈妈就是告诉你一下，如果我跟你爸离婚，这套房子咱们也卖掉吧。你也别太难过，这大半辈子，我都围着你跟你爸转，离婚了，我也去过我喜欢的生活。"

顾峥拨打父亲的电话，关机，打到他单位才得知父亲出差了。

一整晚，顾峥都辗转反侧，后来他干脆起床坐在书桌前凝视台灯下那盆素馨，又伸出手轻轻地抚摸看似嫩绿又柔弱的叶片，心里空荡不已。

等了好几天他才联系上父亲，父子俩约在中餐厅吃饭，顾峥选了一面是玻璃墙的小包间等着父亲。

很快父亲就来了,坐下也不说话,微微皱眉。

顾铮仔细看着温文尔雅的父亲,两鬓已经斑白,有点儿颓废。

他给父亲倒上一杯茶:"这些天您还好吧?住哪里?"

顾知远一口气喝光了茶,苦笑:"还能住哪里,就住办公室啊。你妈都跟你说了?"

"妈只告诉我她想要离婚。爸,妈的脾气就是那样,你去哄哄她,道个歉,解释一下吧。女人嘛,别讲道理。"

顾知远笑了,这次是真笑:"臭小子,你谈过几次恋爱,有多了解女人?"

顾铮摸摸头也笑了。

笑意逐渐从顾知远脸上滑下去,他转着手里的茶杯:"这次不一样。"

顾铮顿了顿:"妈妈说,你喜欢上了另外一个女人,她是谁?"

顾知远眼睛还是看着茶杯,缓缓地说:"儿子,咱们都是男人,也许你会理解爸爸。她是从总部调过来担任我助理的,说是助理,其实就是来走一个过场,两年后回总部,再到其他区域做总监。"

顾铮没说话,只是静静地望着父亲。

顾知远看了他一眼,把手机递给他:"这就是她。"

顾铮接过手机,看了一眼上面的女人,笑容清浅,皮肤白皙,明媚端庄,穿着职业套装,十足的白领范儿,比起妈妈一贯的家常打扮,的确更富魅力。

"可是,妈妈是无辜的。"

父亲突然激动起来:"她无辜?你问问她做过什么?我跟黎娅其实什么都没做,被她闹得整个单位尽人皆知,黎娅已经申请到凉山去开拓市场,你妈还一直往总部打电话。"

"可是妈妈从来都那么信任您,如果您真的是……"

"我那段时间的确跟黎娅交流频繁了一点儿,她遇到一些问题也会来问我。在公司里,人事并不是你想的那么简单,你妈妈一闹,对手就抓住了把柄攻击我。"

"那妈妈到底看到了什么?"

"通信公司做活动,你妈去领赠品,顺便打我的通话记录。黎娅曾来家里吃过饭,你妈妈去接过她,知道她的电话……"

顾铮扬扬眉,显然不相信:"就因为这个?"

"你觉得还会有什么?自从拿到了那个电话单,觉得我们通话频繁就开始怀疑了。"

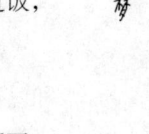

你妈开始查看我的邮箱、手机、微信，所有的密码，她都要重新设置……逛街吵、吃饭吵，甚至半夜你妈都要起来吵……再这样下去，你妈没事，我要先崩溃了。你妈提离婚，我答应了，就想图个清净。"

"您答应了？"

顾知远烦躁地双手揉一下脸："今天说要跟我离婚，让我净身出户，明天突然又反悔，说不能便宜我们！我真不知道她到底要干什么！"

父亲还是没有回家，让他带话给母亲，他们都冷静一下，她做任何决定他都配合她。

父子俩离开饭店的时候，天已经阴了，顾铮看着父亲头上几缕被风吹起的头发，张了张嘴，最终还是选择沉默。从小他一直崇拜父亲，正因为有父亲的庇佑，他才有那么张扬肆意的青春岁月，不为经济所累，而母亲能心无旁骛地照顾他，给他一个温馨的家。

顾铮也不想评判这件事上父母的对错，这是他们之间的问题，心结只能他们自己打开，只是他不想回家，有余蓓蓓照顾母亲，他很放心。

也许他害怕面对母亲的眼泪，虽然情感上他同情母亲，但是内心深处，他觉得随着父亲职位的晋升，父母的交流越来越少，不仅仅是因为父亲太忙，更多的是他们几乎已经没有话题。他曾经建议过母亲通过学习再提升一下自己，母亲反应平淡。

她懒洋洋地说："一大把年龄了，还折腾什么？还不如给你们煲个汤。"

顾铮知道母亲的人生经历——外公外婆家境不错，母亲又是家中小女儿，前面三个哥哥，家里好不容易有个女儿，不仅外公外婆千娇百宠，舅舅们也是护在掌心里的，加之舅舅个个能干，母亲从小在家是公主，出嫁以后，父亲对她温文儒雅，事事迁就。在这件事情之前，恐怕最让母亲不舒心的事情，就是自己跟苏瑾的牵牵绊绊。现在，父亲骤然"出轨"，这无疑是温室破了一个大洞，外面的寒风"嗖嗖"地往里灌，难怪母亲束手无策，既不懂得亡羊补牢，又没有转身离开的洒脱。

顾铮漫无目的地开着车闲逛，等他意识到时才发现自己把车开到了苏瑾住宅小区的楼下。

黑暗中，他靠在车上，默默地抬头看苏瑾家里亮着的灯。

她在家吗？在做什么呢？其实他也想要放下过去，只是远远地祝福苏瑾就好，可他却总是不由自主地想起她来，下雨的时候，起风的时候，或者只是走过熟悉的天桥……原来喜欢一个人只是一瞬间，但遗忘要一生那么长。

苏瑾停好车，拎着助理替她买的樱桃番茄下了车。正是樱桃上市的季节，可梁宏因为肾病不能吃樱桃，苏瑾就买点儿酷似樱桃的番茄给他解解馋。远远地，她就看到一辆熟悉的车停在楼下，等走近了看车牌，果然是他。

苏瑾心跳如鼓，喉咙干涩地走上前。

"你来了？"

顾铮从后视镜已经看到了苏瑾，下了车接过她手里的水果："嗯，来了。"

俩人对视了一眼后，又都刻意地回避了眼神。

苏瑾距离那个在他家旧书店看书的少女已经很远了。现在的苏瑾，妆容得体，端庄优雅，唯有那双漆黑的眸子，一如当年。

她是他心里最珍视的存在，他发现，无论她变成什么样子，都是最令他心动的她。

苏瑾看了一眼顾铮，心里疼了一下，他瘦了，也憔悴了，曾经明澈的眼神，也浸染了忧虑。

俩人在电梯前停住，最终还是苏瑾忍不住，问道："怎么了？出了什么事吗？"

顾铮勉强笑了笑："没怎么，难道只能有事情才能找你？"

"你知道我不是那个意思。顾铮，我……"

"刚才看到你家的灯光，我在猜此刻你在做什么。"

苏瑾摁了电梯，仰起了头，这样辛酸地对话，她怕一不小心眼泪就奔涌出来。灯光下，苏瑾无名指上的钻戒刺痛了顾铮的眼睛。

"他对你好吗？"

"挺好的。"

此时电梯来了，苏瑾迟疑地问："上去喝杯茶吧，梁宏他问起你好几次了。"

自从她回来买了这所公寓后，梁宏有时会过来，他对她带回来的一些高科技的产品很感兴趣，每每玩到很晚也不肯睡，苏瑾也由着他。她希望弟弟的成长能够多快乐轻松一些。

"不了。"他的目光落到她的手上，然后目光变得黯然。

电梯缓缓关上，苏瑾看到的是顾铮脸上重新露出温暖、和煦的笑容，她不知道，在电梯闭上的一刹那，顾铮脸上的笑容像被融化的蜡像，一点点地滴落下来，在心里又疼又烫。

走进电梯的苏瑾，通过电梯间的反光不锈钢看到苍白的自己，紧咬着嘴唇，突然看见指尖的钻戒，她知道顾铮误会了，他一定以为这是杨晏然送给自己的。

苏瑾神经质地想拔下来，却怎么使劲儿拔也拔不下来。

因为经常去见客户，为了一些不必要的麻烦，她自己买了一枚钻戒戴上，用已婚身份做挡箭牌，推掉一些应酬。

她没有对顾铮解释，因为没有立场，但她却看到了顾铮看到戒指时，眼睛里掩饰不住的伤感。这伤害如同一枚冰做的尖刺，直扎进了她内心最柔软的角落，她痛彻心扉，却无可奈何。

2

苏瑾刚开完会，从会议室走出来，助手小黎走了过来，递上一杯现磨的咖啡。

"苏总，您弟弟梁宏来找你，我安排他在会议室等您。"

苏瑾站住了："在会议室？立刻让他来我的办公室。"

在等梁宏的两分钟里，苏瑾揉揉太阳穴，喝了一大口咖啡，很快梁宏来了。

苏瑾吩咐小黎去给梁宏准备水果。

梁宏急切地说："姐姐，我有很重要的事情告诉你。"

小黎看了梁宏一眼，然后转身离开，临走，还替他们关上门。

"姐姐，爸爸把李凤华接回家了，你知道吗？"

"接回家？"

"对，上周就接回家了，爸不听我的，我只能跟你说了，姐姐，你让爸爸把李凤华送走吧。"

苏瑾沉默一下，觉得并不意外，叔叔优柔寡断的性格难免会做出这样的决定，而如果他执意如此，她又有什么立场去劝说呢？

"如果她要住下来，那我宁可不回去！"弟弟撅了撅嘴，赌气地说，"我最讨厌她了！"

苏瑾答应弟弟会跟叔叔谈谈。她跟弟弟一样最讨厌的人就是李凤华了，当年她如何对自己，如何对她母亲，都历历在目，而她甚至还想拖着顾峥同归于尽，更是让自己对这个人痛恨至极。而叔叔到底是善良还是懦弱呢？在心里，自己对叔叔也有了抱怨。

苏瑾驱车去了叔叔家，刚进家门就看到了本该在医院里的李凤华，她更加臃肿了，穿着棉质无袖衫，更显得臂膀粗壮。一年多未见，她头发几近全白，眼皮耷拉，没有了昔日的冷厉，但目光更显得阴冷，盯着苏瑾的时候几乎是咬牙切齿。

"你现在高兴了！"李凤华冷哼一声，厉声说，"别得意太早，我做鬼都不会放过你！"

"你少说两句！"叔叔横她一眼，又讪讪地看了苏瑾一眼，"她得了乳腺癌，监狱那边让保外就医。"

苏瑾不说话。

梁树民叹口气，嗫嚅着说："她娘家也没谁可投靠，跟警察说了我的联系电话，警察找到了我。"

"然后呢？"

"小瑾,她现在身体很差,我不管她,就没人管她了,我也不能看着她去死啊,毕竟……毕竟我们曾经还有一个孩子,也共同生活了这么多年。"

"那你忘记她怎么对我们的吗?"

"你们统统活该!"李凤华粗暴地打断他们。

"那梁宏呢?"苏瑾目光冷厉地瞪着她,"他做错什么了?他只是一个孩子!"

李凤华还想要说什么,梁树民打断她:"够了!你住嘴!"

李凤华恶狠狠瞪了苏瑾一眼,冷哼一声,别转面孔。

苏瑾打开钱包,拿出一张银行卡:"叔叔,让她去医院吧。请一个看护照顾她。"

梁树民低头嗫嚅道:"我……我都已经把她接回家了。"

苏瑾垂了垂眼:"叔叔,你真糊涂!这样的人怎么可能再让她回家?她害得您,害得梁宏还不够吗?"苏瑾想起了那天,顾铮推开自己,坠落下楼的瞬间,成为她一直挥之不去的梦魇,就是因为她,她差点儿永远地失去了顾铮。这样一个人,有什么值得同情的?

"这里轮得着你说话吗?"李凤华站到苏瑾面前,手指着她,"你跟梁树民有半毛钱关系吗?你妈已经死了!这个家里你就是个外人!"

梁树民气得扬起手来,可他的手举到半空中,想到她是癌症病人,又心软地垂了下去。

苏瑾冷冷地说:"叔叔,您要积德也好,您一日夫妻百日恩也罢,那是您的事情,但不能影响到梁宏,所以,不送到医院,就请您把她送到疗养院!"

李凤华突然发疯一般地朝苏瑾撞过来,苏瑾踉跄一步,扶住柜子这才站稳,终于明白什么是江山易改本性难移。

梁树民抓住激动的李凤华,后者歇斯底里地大喊:"梁树民!我告诉你,你敢把我送到疗养院,我就死在你面前!还有你,我上辈子欠了你什么?你害死我儿子,逼我离婚,把我弄到了监狱里,现在还要赶我走……反正我也是半个身子都入土了,谁来赶我,我死给谁看!"

李凤华突然抓起桌子上的一把剪刀,抵在自己手臂上:"还赶我走吗?还让我走吗?"

"杀人啦,杀人啦……"李凤华突然喊了起来。

苏瑾冷冷地看着李凤华的自导自演。

梁树民手忙脚乱地想阻止李凤华,哀求地说:"苏瑾,要不你先走吧!"

苏瑾眼神复杂地看着梁树民,这个男人就是这样懦弱到无能,善良到愚蠢,如果不是他，梁宏的病不会拖到这么严重；如果不是他，妈妈不会那么早就走。可也是他，愿意帮母亲还掉父亲治病的债务，接纳了"拖油瓶"的自己，在母亲在世的时候也给过她一份温暖，所以苏瑾只能一声叹息。

苏瑾最终说："叔叔，这个女人是什么样的人，您比任何人都了解，既然您愿意留下她，那我也阻拦不了。只是梁宏不愿意跟她一起生活，我暂时先接到我那边住。"

说完，苏瑾决绝地转身而去，李凤华盯着她的背影，眼睛阴冷如毒蛇。

在和梁宏谈过以后,他决定和苏瑾一起住,这样就不得不转校。经过反复筛选,她最终选择了一家倡导尊重孩子个性发展的知名双语私立学校,插班到高一。

上学第一天,苏瑾决定提前下班去接他,也看看他适应得如何。

路上有点儿堵,苏瑾到学校门口时,已经放学几分钟了,大部分学生还没离开学校,梁宏在一群孩子里,看到姐姐远远地冲他挥手,他赶紧跟同学打招呼后,向她跑了过来。

苏瑾把水杯递给弟弟,笑着问:"在新学校开心吗?"

梁宏咧嘴一笑,眼睛装满了浓浓的开心:"姐,我喜欢这儿,我喜欢这个学校。"

苏瑾心里溢满了幸福。她那些曾在黑暗里的挣扎,在世态炎凉里的求索,终究有了回报。苏瑾揉揉了他圆圆的脑袋,把便当盒递了过去,里面装满了已经削皮、切成小块、插上牙签的雪梨,雪白雪白的一块块,水灵灵的,看着就让人口齿生津。

果然,梁宏接过去就迫不及待地吃起来,撑得两个腮帮鼓鼓的,苏瑾看着忍不住笑起来。

"下周六就是你的生日了,想怎么过?有没有特别喜欢的东西?"

梁宏嘴里含着雪梨,口齿不清地说:"有,是不是只要我喜欢的,姐姐都答应?"

苏瑾看了梁宏一眼,语气轻松道:"那可不一定,万一你要个人造卫星……"

"姐,这事是你能做得到的。"梁宏急忙申辩。

苏瑾笑了:"好吧,想要什么,姐姐现在都可以买给你了。"

"姐姐,我只想要一件礼物。"

梁宏的郑重让苏瑾也认真起来:"电脑?新手机?"

"不是,不是,"梁宏急忙否定,然后低低地说,"我想让你跟顾铮哥陪我一起过生日。"

苏瑾沉默了,悲伤的往事如潮水一样涌上来,即使是分手了,他始终都是那个最关心自己的人。因为她,他把这份关心跟温暖也慷慨地给了她在意的人,而自己带给他的,除了麻烦、危险,就是伤害。

"姐姐,好不好吗?没道理,你一回来,顾铮哥就不能来陪我过生日了。"梁宏噘着嘴说。

"好,我们一起过。"苏瑾突然下定了决心,不管怎样,她跟顾铮也算是最亲近的朋友。

"哦耶，太好啦，我立刻告诉顾铮哥。"梁宏欢呼着拿出电话拨打。

梁宏拨打电话的时候，苏瑾紧张中又有莫名的期待。

"顾铮哥，下周六是我的生日，你能陪我过吗？就姐姐、我跟你，我们三个人。"

大概是顾铮答应了，梁宏挂了电话，再次欢呼："哇，太棒了，顾铮哥答应了。"

苏瑾专心地开车，微笑着听梁宏叽叽喳喳地安排要怎么过生日，她的心情，如同傍晚橘红色的彩霞，像薄纱一样轻盈，带着一缕淡淡的暖意。

周六一大早，梁宏跟苏瑾就起床了，虽然只有三个人参加，但苏瑾也力求让梁宏过得快乐圆满。前一天，她告诉杨晏然要陪梁宏过生日，杨晏然歉疚地说要跟客户见面，没有办法参加。她没有跟他提说还会有顾峥一起。

其实关于顾峥，苏瑾并没有想过要对他隐瞒，但杨晏然从未问及，有一次她想要主动谈起，杨晏然说："每个人都有过去，我不用知道，而且我相信你。"

苏瑾感激他的体贴，因为那些过往对她来说弥足珍贵，不管怎样表达，杨晏然也理解不了吧。他们的分手是因为他们的性格，是因为对感情的态度，是因为她害怕不能给他幸福……

说到底，是她的不安全感在作祟。

梁宏生日那天，一大早苏瑾就带着梁宏去商场买礼物、订蛋糕，然后接到了顾铮的电话。听说他们在超市购物，顾铮开车过来和他们会合。

顾峥在人群里一眼就看到苏瑾，她穿着米色套裙，纤细的身材，有了成熟女人的风韵干练。而当她迎着他露出笑容时，他的心依然怦怦狂跳，一如当年那个鲁莽的少年。

"顾峥哥！"梁宏见到他，激动地挥手，"这里！"

苏瑾看着朝他们走来的顾峥，握住推车的手紧了紧，她对视着他的目光，然后垂下眼帘，怕他目光中的深情会让自己乱了方寸。

"姐姐说要做大餐！"梁宏说，"她可是难得一整天都不用工作呢！"

"我要吃米粉！"顾峥突然说。

"米粉？"梁宏不解，"顾峥哥，你喜欢吃这个呀！"

"我只喜欢吃某人做的米粉！"顾峥有些执拗地望着苏瑾，"好多年没吃过了，今天突然很想。"

"姐……"梁宏望向苏瑾，怕她拒绝，撒着娇说，"我也要吃！"

"好！"苏瑾暖声回答，"今天你生日，你说了算！"

"家常鱼！"顾峥说。

"对，家常鱼！"梁宏附和。

"红烧排骨！"顾峥继续提要求。

"我也要吃红烧排骨！"

"你们俩有完没完！"苏瑾故意板起面孔。

"姐！"梁宏才不怕她，"我可是顾峥哥的小迷弟！他说吃什么就吃什么！"

"我看是狗腿子！"苏瑾没好气地捏了捏他的脸。

梁宏哇哇大叫起来："姐，我又不是小孩子了！"

顾峥也笑了，苏瑾看着他的笑容，一时心乱如麻。她喜欢这样的笑容，每每独处时想起他这样的笑容，依然会心动不已。

她听到梁宏在前面跟顾峥小声嘀咕："真不明白我姐看上杨哥啥？他看上去太严肃，而且也不会陪我玩游戏。"

"别这样说，你姐喜欢的人，你也要喜欢。"

"可我想你当我姐夫！"

……

苏瑾的心都碎了，她加快脚步，不想再听下去。

4

回到家,苏瑾系好围裙进厨房,顾峥也挽了袖子去打下手,两个人默契地洗菜切菜,梁宏在门口看了一眼,识趣地走开了。

这样的时刻,让顾峥和苏瑾内心静谧欢喜,即使什么都不用说,一个眼神也能让他们甜蜜地扬起嘴角。

苏瑾在顾峥的协助下,做了家常鱼、红烧排骨、翡翠肉冻、水晶虾仁、清炒芦笋,菜刚上桌,梁宏欢喜雀跃地盯着盘子。

"这个生日我太幸福了!"

苏瑾和顾峥娇宠地看着他,只见他大快朵颐,风卷残云。

"慢点儿,别噎着!"苏瑾笑着递给他一杯水。

梁宏吃着吃着,突然叹口气。

顾峥拍拍他的头:"小子,干吗无端叹气?"

"唉,如果能天天过生日就好了。"梁宏面露难色。

顾峥笑了:"想天天过生日的一定是孩子。不信你问你姐,她怕是希望五年过一次生日!"

梁宏看了他一眼:"我是希望天天都有顾峥哥跟姐姐在一起陪我。"

顾峥跟苏瑾都有点儿尴尬地低下头,顾峥下意识地看了一眼苏瑾,只见苏瑾纤长白皙的手正在剥橙子,从他的角度只看到苏瑾纤长的眼睫毛宛如蝴蝶安静地栖息着。

吃完饭,梁宏要去公园。顾峥给梁宏买了风筝,带着他在草地上奔跑,看着蜈蚣形状的风筝慢慢地升上天空,越来越小。

"梁宏,快,放线,放线,收,收……"顾峥在喊。

"慢点儿……"又是顾峥在喊。

"松一点儿,别放太多,拉一拉……"还是顾峥的声音。

苏瑾轻轻地笑了,这绿草蓝天,在此刻格外明媚动人。

夕阳西下时,梁宏也累了,他们打道回府。苏瑾洗完澡出来时,顾峥跟梁宏已经切好了蛋糕,插上了蜡烛。

"关灯,顾峥哥,快关灯。"梁宏兴奋地喊道。

此时门铃声骤然响起,苏瑾打开门来,看到站在门口的是一脸笑容的杨晏然。

"我买了蛋糕,给弟弟过生日……"

说着,他一步走进来,看到眼前一幕后一怔。

蛋糕上的蜡烛在明亮地燃烧，桌边围着一大一小两个男人，顾峥跟他颔首示意，而梁宏难掩眼里的失望。他突然觉得，他们三个人拥有的一个独立的世界，被其他人打扰了。

杨晏然笑着把蛋糕递给梁宏，朗声道："生日快乐！"

梁宏接过蛋糕，刻板地说："谢谢。"

杨晏然对他的态度不以为意，执意要帮梁宏切蛋糕，但因为手部不太灵活，控制不住力度，蛋糕切得有些凌乱。

杨晏然连连道歉："Sorry（对不起），Sorry，我真是太不小心了。"

顾峥沉默着接过了刀，分好了蛋糕。

顾峥看了看表说："家里还有点儿事情，我先回去了，小宏，生日快乐！"

梁宏把顾峥送到门口，眼巴巴地看着："顾峥哥，你什么时候再来陪我？"

顾峥穿上风衣，揉揉他圆圆的脑袋，最终在心里无声地叹息了一声。

顾峥走后，房间里顿时陷入了沉默，虽然杨晏然竭力让气氛热络起来，跟梁宏讲美国的风土人情，告诉梁宏自己在美国有很多名牌大学的校友，如果梁宏以后想留学，他的同学可以帮忙联系学校。

梁宏看了他一眼，有些骄傲地说："我姐也是全世界最顶尖的大学毕业的啊。"

"梁宏，不许没礼貌。"苏瑾轻轻地喝道。

"没关系，他说的也是事实啊，苏瑾的确非常优秀。"说完，他握起了苏瑾放在桌子上的手放到嘴边轻吻了一下，苏瑾的整个身体都僵硬了，那只被吻的手，像被烙铁烙过一样。

杨晏然没待多久就离开了，梁宏看到姐姐去厨房收拾的时候，陷入了沉思。

"姐，你怎么了？如果你不喜欢那个姓杨的，分手就可以了。"梁宏说。

苏瑾叹口气，轻轻地抚摸他的头："他以前是姐姐的同事。姐姐在美国的时候，曾经遇到了一件事情，被坏人追截，他为了救我，被人砸伤了手指，他的手没办法准确、快速地敲击键盘了，也就没办法再做投资顾问了。"

"可是顾峥哥也曾经救过你呀！"

"我跟顾峥之间，不谈恩情，只有感情，但对别人……我要还！"

"可是顾峥哥他……"

"好了，小宏，我们不聊这个了。"

梁宏不说话了，成人的世界，年幼的他还是没办法理解。

顾铮回到家时，肖琴已经睡下了，余蓓蓓在看电视。

"咦，你不是说去给梁宏过生日吗？苏瑾肯定也在，你怎么舍得这么早回来？"余蓓蓓咬了一口手里的苹果，盯着电视，有些讥诮地说。

顾铮看了她一眼，转身上了楼，想了想，知道若是现在不回答，一会儿她也会追到他房间里问，不如他现在告诉她。

"杨晏然来了。"

"杨晏然？谁？"余蓓蓓放下手里的苹果，皱着眉头思索。

"苏瑾的男朋友。"

"哦，你这样说，我倒是有点儿印象，上次在火锅店好像见过，怎么，仇人相见分外眼红？"余蓓蓓有点儿幸灾乐祸。

看着顾铮不理她，径直上楼，余蓓蓓冲着顾铮的房间喊："喂，要不要我帮你？"

"你别瞎掺和，我跟苏瑾的事情，跟别人没关系。"

"喊，谁不知道男人都好面子？"余蓓蓓再咬一口苹果，撇撇嘴自言自语地说。

余蓓蓓坐在沙发上想了一会儿，决定要帮顾铮一把，至于为什么要帮他赶跑情敌，余蓓蓓自己也想不明白，她就是舍不得顾铮为难，舍不得看到他因为苏瑾而灰白的脸色。想了想，一招"釜底抽薪"的计划渐渐在心里酝酿成熟，她拿出手机开始联系她的那群闺中密友。

第5章
你始终在我心上

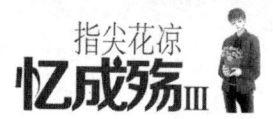

杨晏然不明白，来到国内一两个月都乏人问津的他，一夜之间，突然桃花处处开。

他去咖啡馆买杯咖啡，有性感美貌、涂着红唇、穿着鱼尾裙的年轻女孩忘记了带钱，可怜巴巴地看着他，拜托他为自己的咖啡跟甜点买单，出于绅士风度，杨晏然替她买了单，哪知道，她就对他一见钟情，隔天就追到了办公室。

他去楼下的干洗店取自己干洗的西服，也会有清纯漂亮的女孩怯生生地搭讪。

更有甚者，放弃了在大公司的职位，专门来他们的公司应聘，直言就是为了杨晏然。

这几个女生甚至为了争夺接近杨晏然的机会，钩心斗角，争风吃醋……

杨晏然不胜其烦，但这几个女孩子的资历、背景又都是他们不可多得的助力，杨晏然也不想就这样解雇他们，这个理由也太狗血了。

他请了外联部一位叫Linda的女孩来他办公室。

他亲自为Linda冲上一杯她喜欢的卡布奇诺。

Linda眨眨眼睛，无辜地问道："杨总，您这是要上演'杯酒释兵权'吗？我可没犯错啊，连迟到都没一次，再说了，您应该不是这样公私不分的人，对吧？"

杨晏然微微一笑："首先，很荣幸你能加入公司，也真诚感谢你为公司做的贡献，我个人对你的工作能力非常认可……"

"行了，杨总，咱别兜圈子了，直说吧。"Linda喝一口咖啡，娇声说。

杨晏然看她一眼正色说："想必你也知道，我是有女朋友的，她就是Sophie，你们的老板。"

Linda"哧"了一声："都什么年代了？还不许我们公平竞争吗？"

杨晏然摇摇头，诚恳地说："除了她，我这一生都不会再爱上别的女人，所以，请别在我身上浪费您宝贵的时间跟精力。"

Linda笑了笑："那就拭目以待吧，杨总，您知道，我——是谁的女儿吗？"

杨晏然笑了："你是盛达百货的千金，盛达百货三年前上市，你父亲的身家已经过亿了，据说你也持有不少盛达的股份。"

"那你不动心？"

"我有自知之明。"

"如果我愿意呢？"

"可我已经心有所属。"

Linda的笑在一点点地收敛，取而代之的是迷惑。

Linda回到自己的办公桌旁后，开始给余蓓蓓发微信：蓓蓓，歇菜吧，那姓杨的对苏瑾心如磐石，至死不渝啊，姐姐我不玩了。

这已经是余蓓蓓收到了第N个闺蜜的粉红炮弹在杨晏然面前"阵亡"的消息，她的闺蜜团向来是所向披靡的，如今不到两个回合就狼狈地纷纷铩羽而归，她觉得顾铮跟苏瑾的前途很不妙。

"顾铮啊顾铮，我也帮不了你了，这苏瑾是多长了一双眼睛还是多条腿？你们对她都这么死心塌地。"余蓓蓓看着窗外喃喃自语。

"嗨，你在这里？"一只大手在她眼前晃过，余蓓蓓回过神，看到秦棋的一张笑脸晃在眼前。

余蓓蓓赏了他一个白眼，没说话。

"几天没见，瞧瞧，想我想得人都憔悴了！"秦棋对余蓓蓓的冷淡视而不见。

余蓓蓓心里很郁闷，她不知道，她这样的表情，怎么能让秦棋产生"为君消得人憔悴"的误解？

余蓓蓓站起身，不想理他，秦棋连忙追过去。

"惹你生气了？我赔罪我赔罪，今天要杀要剐，小生都悉听尊便。"

余蓓蓓到底绷不住了，面露笑容。

秦棋挥挥手，像赶苍蝇一样赶走了他的那帮死党。

回过头，他笑嘻嘻地问："蓓蓓，今天去哪里吃饭？西餐，中餐，还是火锅？"

"我已经约了好朋友一起吃。"余蓓蓓不耐烦地说，"你快走吧。"

"那就一起啊，你的朋友就是我的朋友嘛。"

余蓓蓓的闺蜜团杀过来以后，她想象中秦棋脸色发青、招架不住的情况并没有出现，由始至终，他都表现得热情而得体，言谈中都是能请余蓓蓓的闺蜜进餐是自己的荣幸云云，实打实地给足了余蓓蓓面子。

闺蜜团的几个家伙，竟然反过来劝余蓓蓓考虑一下秦棋这个备胎，感觉还蛮不错的。

虽然秦棋追得很紧，但余蓓蓓觉得跟他做朋友还不错，谈恋爱真心没有感觉。秦棋倒觉得，精诚所至，金石为开，就没有他追不到的女生。

第5章 你始终在我心上

　　杨晏然有个利用午餐时间处理邮件的习惯，这天他照例在办公室用餐，打开手机里的邮箱，那封熟悉的邮件又出现了。

　　杨晏然眼神冷了冷。这已经是他第四次收到相同内容的陌生邮件，正文里只有一句话："杨晏然，我知道你的秘密！"

　　既然点了他的名，就证明这封信不是用软件胡乱群发的垃圾软件，而是有人刻意发给他的。

　　前面三封信，他都置之不理。他自认并没有什么惊世骇俗的秘密，如果一定要说有一个秘密的话，那也跟别人无关。

　　事不过三，已经是第四封了，杨晏然决定找到这个人。

　　杨晏然虽然是学经济的，但大学里选修了计算机，没怎么费力，他就通过IP地址（网际协议地址）锁定了发邮件的人，让他大吃一惊的是，邮件居然是从苏瑾的助手小黎电脑里发出来的。

　　杨晏然从刚开始的要抓住恶作剧人的心态，开始有点儿担心，小黎，难道他真的知道了什么？

　　杨晏然约小黎到公司天台上见面。

　　小黎并没有躲闪，按照约定时间来到天台，故作惊讶地问："杨总，您找我有什么事？"

　　杨晏然开门见山道："你发邮件给我的目的是什么？"

　　小黎扬扬眉。

　　"别装了，你往我邮箱里发匿名邮件，不就是让我来找你吗？"

　　小黎脸色一变，豁出去地笑了笑："杨总，您比我想象得动作快，我以为您还要再撑个几天。"

　　杨晏然有点儿不耐烦："说吧，你掌握了我什么秘密？"

　　小黎转过脸，意味深长地看着他，杨晏然有些莫名不安。

　　小黎附到他耳边轻轻地说："您的手，正在做康复吧，而且恢复效果还不错，不是真的终身残疾吧？"

　　杨晏然心里悚然一惊，接着怒不可遏地抓起小黎的衣领："你到底想干什么？三番五次给我发匿名信，现在又来说这种可笑的话！再说了，你有什么证据？"

　　"证据？您真要证据的话，也不是很难，林氏骨科医院是全国有名的骨科医院，您说是吗？您说，如果苏总知道这个消息……"

"你怎么会知道我手受伤的事？"

"我恰巧认识你们的旧同事，听说你因为救苏总而伤了手，那以后苏总为你离开了KPCB，并且和你回国创业。"

"这是我们的私事，和你无关！"

"作为苏总的私人助理，我倒觉得……"小黎慢悠悠地说，"她对你除了感激并无感情！"

杨晏然暴怒，抬手冲小黎挥过去一拳，他跟跄后退一步，摔在地上。

小黎不怒反笑："我说中了吧？"

杨晏然心里一片怆然，他一直觉得只要他真心待苏瑾，她会爱上他，可是都过去这么久了，她对他依然疏远，有时候他想要和她亲近一些，但她都会借故逃避。他失望，甚至有了怨气，也只能隐忍在心里，他怕自己的纠缠会让她更疏远。

当被小黎拆穿的时候，杨晏然的心遭到猛击。

他是骗了苏瑾，但他要用谎言才能维系这段关系，是不是太可悲了？

"您和苏总的事我并不想过问。"

"那你的目的是……"杨晏然稍稍冷静下来。

小黎笑笑说："杨总，您误会了，我只是善意提醒一下您还需要再小心。出来做事，无非图个名利，这点不用我多说，杨总也是能理解的。"

杨晏然此刻反而冷静了下来："说吧，你要什么？要多少才能封你的嘴？"

"杨总，您真的小瞧我了，能在苏总身边工作，您可是我的伯乐。"小黎不紧不慢地说。

"你就是这样报答你的伯乐的？还真不敢当。"杨晏然讥诮。

小黎不以为意："我也没别的想法，就是想调到投资部。"

"你硕士毕业刚两年，做苏瑾的助理可以学很多东西，你现在并不适合到投资部，资历、人脉，你都没有，为什么不再等等？"

"我可以等，但女朋友等不了啊。我已经慎重考虑过了，现在就等您的东风了。"

杨晏然看着他，小黎立刻说："您放心，只要我进了投资部，我从来不知道您手的一切情况。"

"你最好说到做到。"冷冷地扔下一句话，杨晏然就走下了天台。

苏瑾送一位投资人到电梯间，刚回到办公室，赫然看到杨晏然。

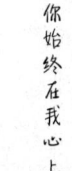

"晏然，找我有事？"苏瑾边整理办公桌，边问杨晏然。

"没事就不能来找你？"杨晏然笑着问苏瑾。

"我不是这个意思……"苏瑾急忙解释，话到嘴边，却发现异常苍白。

"小瑾，我看小黎头脑灵活，想让他到投资部锻炼一下。"

苏瑾皱皱眉："小黎？调到投资部？你觉得他可行吗？"

杨晏然笑笑："小瑾，我觉得这小伙子有想法，也有能力，可以试试。"

苏瑾想了想点点头："人事方面一直你在负责，你觉得行，我没意见，只是要跟投资部的经理说一下，让他多提点一下小黎。"

杨晏然点点头："这个自然。对了，下班后有安排吗？我听同事推荐过一家西餐厅，牛排跟鱼子酱都不错，有没有兴趣去尝尝？"

苏瑾思忖下点了点头："好。"

"那不打扰你工作了，晚点儿我来接你。"杨晏然站起身离开。

公司内线响起来："苏总，有您的快递，给您送过来吗？"

杨晏然回头："告诉她，我去帮你拿。"

苏瑾告诉前台："稍后杨总来帮我拿，谢谢。"

没过一会儿，杨晏然拿着一个鞋盒大小的盒子走了进来，问道："买了什么？"

苏瑾莫名地望着包裹，摇摇头："我也不知道。"

她看了一眼包裹，只有她的收件地址，但电话号码是错误的，也没有寄件人的具体地址，寄件人名字是吴明。

她顺手拿起桌上的美工刀，杨晏然接了过去："我来。"

"你的手……"

"这个用不了多大劲。"

杨晏然割开封口的胶带，打开盒子，盒子里赫然装着一个塑胶的人头……苏瑾大骇，几乎失声喊出来。

"是假的，假的！"杨晏然一把搂住她，一只手迅速地合上盒子，这个包裹显然经过设计，虽然人头是模型，但设有机关，盒子一旦打开，红色的"血浆"就会喷出来。

苏瑾再没有看第二眼，杨晏然按照寄件人电话拨打过去，是个空号，显然"吴明"也是个假名字，他又仔细地检查了一下快递盒的里里外外，看有没有线索留下，最后拍好照片。

"苏瑾，要不要报警？"杨晏然问。

苏瑾沉吟道："公司刚成立就闹出这样的事情，传出去不仅影响公司形象，容易让同行抓住把柄,投资人也会忌讳。"

杨晏然叹口气:"苏瑾,虽然你说得都对,但是,在我面前你能不能不这样冷静、理性,你让我这个男朋友怎么办?"

苏瑾一怔,下意识地回答:"对不起。"

杨晏然无奈:"又是对不起,跟你开个玩笑而已。"

苏瑾抬头:"晏然,我的确跟别的女人不同,我不会撒娇,不会任性,在我曾经的生活里,如果我走错一步,就是万劫不复。"

杨晏然了然道:"我知道,从我认识你开始,我就知道你跟别的女人不同,我喜欢的也是这样的你。"

苏瑾又接连几次收到莫名其妙的快递,比如假手、玩具蜘蛛、臭虫……杨晏然坚持要报警,苏瑾则认为只要自己小心点儿,冷处理一下,对方觉得没趣自然就会停下来。

苏瑾分析,说不定是竞争对手所为。

苏瑾之前在美国的客户,不仅自己把投资业务交给苏瑾,还竭力介绍自己在国内的朋友给苏瑾,由此,好几个大客户把业务给到了苏瑾他们公司。

一时之间,他们公司在业界名声大噪,还有财经杂志对他们公司做整版介绍,难免会引得同行间嫉妒羡慕。

经过几次惊吓,苏瑾对这些"变态"快递越来越淡定了,她让清洁工处理了快递后,还能跟杨晏然开开玩笑。

"这明枪暗箭的,以后还多着呢。"

杨晏然摇摇头:"我总觉得没这么简单,再说,这不像我们这行的行事手段。"

苏瑾不由得想到了南非开矿的诈骗事件,下意识地看了一眼杨晏然的手。

"对不起。"苏瑾低声说。

杨晏然看着苏瑾:"那是个意外,而且,也是我心甘情愿的,跟你真的没关系。"

苏瑾的眼睛看着窗外的云,心里在叹息,她一直都在欠债,欠顾铮的,欠杨晏然的,杨晏然她还可以还,顾铮呢?

从槐树街到波士顿,从十六岁到二十六岁,他一直陪伴她,呵护她,跟她一起面对生活的所有危机,差点儿为此失去生命,他的乐观、和煦,是她曾经充满了阴霾世界里一道极其珍贵的阳光,让她即使身处黑暗,也相信这世间始终有份不求回报、延绵不绝的温暖属于她……而今生,她只能是错过了。

电话的铃声惊醒了苏瑾的遐想,她仰了仰头,憋回了眼睛里热辣的泪,稳了稳情绪才接起电话。

"是你，小黎，在投资部还能适应吗？对了，找我什么事情？"

拿着电话，苏瑾开始翻抽屉，从里面拿出两瓶药，一个精致的小本子。

小黎在电话里叮嘱："苏总，记得吃胃药，这胃药是我托同学从国外买来的，纯植物的，你吃了以后，说感觉胃疼的次数明显减少了，吃完以前，你告诉我，我再让他寄回来。还有，那个果绿色的本子，可是我的宝贝，里面记录着客户的饮食喜好，跟咱们常合作的饭店、旅行社，嗯，对了，还有给客户购买礼物的地方……"

因为小黎调到投资部，新来的助理还在磨合期，所以他准备的资料倒是很有用。

小黎喋喋不休地说了一堆，苏瑾哑然失笑，这个就是当初那个迷得公司小姑娘们星星眼的"高冷男神"？

但当她仔细翻看小黎的记事本时，想起这样的事无巨细、图文并茂的记事本，在她公寓的抽屉里也有一本，上面满满的都是顾铮的笔迹。

高中时她为了照顾梁宏每天请假，顾铮就每天带课堂笔记给她，还为她抄写了照顾肾病病人的注意事项，涉及衣食住行各个方面。她记得当时问他为什么不打印一份，顾铮一脸坏笑。

他说："我就要用手写，让你天天看到我的笔迹就想起我。"

他们在岁月里已经走得太远，她再不是槐树街沉默、晦暗的少女，而他也不再是书店里肆意张扬的少年。

挂了电话，苏瑾低头继续研究一个最新的基金资料，业内普遍看好，基金经理是北京知名大学的毕业生，但苏瑾研究了该基金经理的履历后发现他盈利的项目都是在环保领域，这次他介入的是完全不同的领域，苏瑾有点儿迟疑，她走向杨晏然的办公室。

"晏然，我有点儿事情想听听你的意见。"杨晏然正在做表格，听到苏瑾这样说，立刻起身。

苏瑾把手里打印好的资料递过去："晏然，你先看看，你觉得要不要买入这个基金？"

杨晏然接过她手里的资料，仔细阅读起来。

半响，杨晏然说："有名校背景，之前的战绩也不错，不过，这次似乎是全新领域，之前，他从没涉及过的，这次的基金，我持保留意见。"

苏瑾轻轻一笑："我跟你想法一样。"

杨晏然看着苏瑾的笑，明明那样清浅的一丝笑，却觉得如微风吹拂过漫山春花，让人沉溺其中。

"晏然？"苏瑾的声音在耳边响起，杨晏然才回过神。

"啊，没事，你就按照你的想法去做吧，我没有意见。"猛然回过神的杨晏然有一丝尴尬。

"嗯，时间不早了，我准备回去了，你也早点儿休息。"

杨晏然站起身："要不，还是我送你回去吧？"

苏瑾坚持："不用，我打个的士就回去了，你待会儿还要回来，很麻烦。"

杨晏然心里苦涩一笑。

第5章 你始终在我心 上

苏瑾匆匆离去,走出写字楼大门时才松了一口气,然后挥手叫了一辆计程车。

上车因为疲倦,她困顿地闭上眼睛,等她醒来,才发现不对劲,出租车已经行驶很久,却并没有走平时回家的路线。

坐在后座上的苏瑾不由得问:"师傅,这是去枫园名尚的路吗?"

司机从后视镜看她一眼:"嗯,在修路,只能走这条路。"

苏瑾迎上司机的眼神,感到莫名诡异,让她的心不安起来,她发现司机现在已经出城了。

"我现在要下车。"苏瑾让自己镇定下来,语气坚定地说,"师傅,请你停下来,我要下车。"

"马上就到了。"

"请停下来……"

司机不仅没有停下来,反而加速。

苏瑾想要打开车门,却发现门被锁死。

苏瑾知道她遇到歹人了,她一边沉着地跟司机谈话:"你到底是谁?想要做什么?"一边下意识地找到顾峥的微信号,发了一个定位给他,然后摁免提,对司机说:"请你停车,我要报警了!"

司机突然停下车,打开车门想要抢走苏瑾的手机,苏瑾拼命与他搏斗,被司机一把抓住头发,一把冰冷的匕首抵在她的喉间。

"再吵我杀了你!"司机阴冷地说。

苏瑾感觉自己在颤抖,她尽量想看清四周的环境,有些懊恼她不应该在车上睡着。

"现在回到车里。"司机命令道。

"我钱包里有钱,你都可以拿走。"苏瑾跟他交涉,"银行卡密码我也可以告诉你,如果你不放心自己去取,我可以……"

"少废话!"

司机逼着苏瑾回到车上,当她打开车门弓着身时乘他不备突然往后一撞,电光石火间,苏瑾一脚踩到他脚上,在他吃疼之间转身朝大马路上跑去。

风在耳边呼呼地响,苏瑾的整颗心都要跃出胸腔,只能拼尽全力朝前跑……

她听到身后的脚步声越来越近,心里祈求着能有人出现,或者有车辆经过,但夜深人静,这条公路仿佛没有尽头。

苏瑾在心里默默地喊着：顾铮，救我，救我……

突然她踩到路面上的石块，脚下一崴，重重地摔在地上。她顾不得疼，赶紧爬起来拖着一瘸一拐的脚朝前跑，结果没几步就被那男人给抓住了，他扯住苏瑾的头发朝地上一摜，摔得她头晕眼花。

"跑！我看你往哪儿跑！"

苏瑾顾不得嘴里的咸腥味，艰涩地问："你到底想要什么？要钱我可以给你！"

"臭女人，有钱了不起吗？"他说着又拽着她朝车子走去。

苏瑾绝望地挣扎，拼力跟他搏斗，无奈对方身材高大，力量悬殊，她哪里是对手。

那人一边打一边喊："臭女人，你现在很风光吧？当时你抛弃我的时候，没想到吧？你要不上电视，我还找不到你。"

苏瑾记起来，她最近参加了一个本市的财经论坛，还作为全市首个金融届的女企业家致辞。可任凭苏瑾想破脑袋她也想不起自己曾经得罪过这人。

"你把老子挣的钱都拿去养小白脸，贱女人！"司机怒吼着禁锢住她的手臂，而她渐渐感到力气在身体里消失……绝望的泪水流了出来。

就在这时，一辆车从远处驶来，那男人一慌，想赶紧把苏瑾拉上车，苏瑾也看到远处的车，她知道这是她唯一的机会，如果她被那人控制上车就再无逃脱的机会，所以她奋力地拉住车门不肯上去，当她想要呼喊救命的时候，那人捂住她的嘴，警告地说："你喊一声试试，我划破你的脸！"

苏瑾满心惶恐，泪流满面，却只能看着那辆车从他们身边经过。

"你最好乖乖听话！"司机这一次很防备了，他让苏瑾坐到后座上，想用绳子捆住她的手脚，苏瑾等待一切机会想要逃跑，她想即使跑不了，也要尽量拖延时间，定位地址发给顾峥，他也应该听到录音，会第一时间赶过来吧。

她在心里不断祈祷顾峥一定要看到手机，一定要听到她的求救——也许在她的下意识里，顾峥是唯一能给她依靠，能让她完全信任的人。

这个一次次帮她、救她的人，从少年到如今的十年过去，从未改变初衷。

而她，又对他做了什么呢？

终于,在苏瑾最绝望的时候,她听到警笛由远而近的声音。

那个男人也是一惊,拿过她手机狠狠朝地上摔过去:"你怎么报的警?"

苏瑾警惕地盯着他,怕他穷凶极恶地挥刀过来,而他逼着苏瑾下车,挟持着她朝旁边的林间跑去。因是深夜,灌木丛又高,他们隐藏其中很难被发现,所以警察到了以后查看车内的状况,确认苏瑾被挟持后,警察开始打电话寻求支援,并且分析他的逃离线路开始追踪。

所幸,他们很快就被警察发现了。

"站住!前面的人停下来!"警察厉声大喊,"再不停下来我们要开枪了!"

男人此刻完全慌了,孤注一掷地勒住苏瑾的颈项和警察对峙:"你们放我走!不然我跟她同归于尽!"

"放了人质!"四名警察小心翼翼地朝他靠近,一边劝说,一边寻找机会。

"别过来!"男人拿刀扎向苏瑾胳膊,疼得她尖叫一声,冷汗涔涔。

"冷静点儿!"警察停下脚步。

男人知道今天逃不掉了,他决定要和苏瑾同归于尽,当他再举起到刀的时候,有个人从身后冲过来,死死抓住他的手,刀刃险险地避开了苏瑾的脸。当苏瑾回头的时候,她看到从天而降的顾峥,此时警察迅速冲过来,扣住男人的手腕一记反剪,让他整个人趴在地上,然后被死死地摁住。

清冷的月光下,顾峥看到苏瑾脸上有被掌掴后的红痕,头发蓬乱,特别是胳膊上的伤口,鲜血浸湿了衬衫大片,他觉得自己的心都要碎了,立刻撕下衬衣的一角给苏瑾包扎伤口……惊魂未定的苏瑾怔怔地看着面前的顾峥,她宁愿相信这是一个恐怖的梦,梦醒了,她跟顾峥还在青碧的岁月。

顾铮轻轻地拍着苏瑾的后背,安抚瑟瑟发抖的她。

"刚才那种情况你冲上来多危险!"

"他只注意警察了,我从后面赶来绕到他身后,他才没有注意到我。"

"顾峥……"

"我在。"

"为什么要对我这么好?"

"没有想过。"

"你是傻瓜吗?"

"也许吧。"

警察很快带走了司机，又护送他们到医院处理伤口，顺便分别给他们做了笔录。

后来他们才知道，之前的变态快递，也是这个司机寄的。他女朋友跟苏瑾长得有些像，离开他，跟一个富家子弟移民了。当他在电视上看到苏瑾，突然就爆发了，把对前女友的恨统统转移到了苏瑾身上。

肖琴给儿子打电话的时候，正好听到旁边警察说话，在她的追问里，顾峥只得告诉她，苏瑾遇到了挟持者。

肖琴一听就急了："你又去了？"

"警察及时赶到了！"

肖琴恼怒地从沙发上蓦地站起来："你在哪儿？"

"医院。"

"你受伤了？"

"没有！是苏瑾……"

"你到底有没有想过你自己？"肖琴气得嘴唇发抖，劈头盖脸地说，"你是飞行员，身体绝对不能受伤！如果有一个疤你就得离开这个职业，这个严重性你不懂吗？"

"妈。"

"别喊我！"肖琴气愤难平，"你要是心里还有我这妈，就不会一次又一次干这种蠢事！"

"妈，我不是没事吗？"

"没事！"肖琴厉声说，"这一次没事，下次呢！一次又一次，你要让你妈得心脏病？"

顾峥笑了："妈，您的心脏早被我锻炼成铜墙铁壁了！"

"别说笑！"肖琴打断他，"你在哪个医院？"

"你想干吗？"

"我得找苏瑾谈一谈！"

"都说了跟她没关系！"

"怎么没关系？你们已经分手了！"肖琴红了眼，"这孩子是太没有良心了！你对她那么好，我们家也对她不薄，说走就走，遇到事了就找你！她不是有男朋友吗？"

"妈！"顾峥听不下去，只好找借口，"手机信号不好了，妈……"

说着，他迅速挂掉电话，苦涩地一笑，知道回家后母亲又得跟他一阵狂轰滥炸

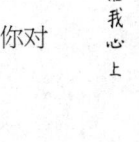

了。因为和父亲关系恶劣，最近母亲情绪不好，他也不知如何劝解，好在余蓓蓓经常过来陪她。

肖琴被儿子挂了电话更加生气，又不知苏瑾在哪个医院，想来想去给余蓓蓓打电话，说苏瑾受伤她想去探视一下。余蓓蓓也没多想，打电话给苏瑾，问到了医院地址。

第二天一大早，余蓓蓓就开车带着肖琴朝医院赶。

肖琴一路上都沉着脸，余蓓蓓小心翼翼地问："肖姨，你去找她只是探病吧？"

肖琴重重叹口气："你说你这丫头怎么这么好心眼呢？我多想你做我儿媳妇，可那臭小子怎么就这么死心眼？"

"其实苏瑾挺好的！"余蓓蓓垂了垂眼，"她一直很努力，很认真！她有很多值得顾峥喜欢的地方，我承认我也嫉妒她，可我跟她相处过一段时间，倒真是对她讨厌不起来！"

"你倒是好心！"肖琴愤愤不平，"她都已经有男朋友了，怎么还缠着峥儿？每次遇到事就找他，用过了就甩手走人！我真要说说她！"

余蓓蓓一惊，看到前面辅道，将车靠边缓缓停下来，转过身对肖琴说："阿姨，对顾峥来说，能够守护苏瑾，是很重要的一件事。"

"我不能看着他受伤，毁掉事业。"

"他已经是成年人了，所有的选择都会深思熟虑。"

"不，遇到苏瑾的事他就盲目得不顾一切。"

"肖姨，"余蓓蓓说，"他是您儿子，您更了解他！他就是这样一个重情重义的人，所以我才一直放不下他！"

"唉，峥儿真是没眼光。"

余蓓蓓艰涩一笑："其实我能够理解顾峥的，所以您可以不要去找苏瑾吗？"

"不行，我得告诉她，以后不要再找峥儿了。"

"这样顾峥会很难过的。"余蓓蓓说，"他把苏瑾当成最重要的人，就像是亲人！如果亲人遇到危险，能不去救吗？换作是顾峥遇到危险，我也会去的……"

"你们俩，唉，怎么都这么倔！"

"肖姨，我们回去吧！一会儿我带您去做美容……"

"先去医院。"

"肖姨！"

"我儿子不回家，我也得确定他是不是完好无损的！"

"哦哦哦！"余蓓蓓笑了，"是得去看看。"

到了医院时，他们看到顾峥正在给躺在病床上的苏瑾削苹果。

阳光从窗外落到了苏瑾头上，笼罩上一层朦胧的光晕，让平时冷清的她看起来柔和温暖许多，顾铮的目光水一样倾泻到她身上，充满了温柔的宠溺与呵护。

静谧与温馨流淌在他们中间，有一种奇异的圆满之感。

肖琴看到儿子的眼神，心里长长叹口气，这个傻儿子，怎么就一根筋呢？不过见到完好的顾峥，她终于放心了。

余蓓蓓压低声音说："肖姨，我们走吧！"

Zhijian Hualiang Yi Cheng Shang III

第 6 章
越陷越深

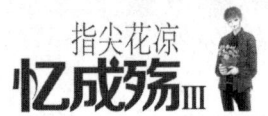

一个月后苏瑾手臂上的伤口才痊愈，但是除了最初的那一天，这一个月顾峥没有再来看过她，只是在微信上问她伤口恢复情况。寥寥的几句话，却总是让她的心里涌出泪来。

她知道自己对顾峥太残忍了，她什么时候变得这么冷血和无情呢？

可是一想到杨晏然，她又不得不隐忍住内心的情愫。

那天在医院，杨晏然和顾峥第一次见面，顾峥跟他淡淡点头，然后就离开了。

她不知如何解释自己为什么先联系了顾峥，当杨晏然想要给她倒一杯水的时候，因为手指无力，水洒出来烫伤了他。

"晏然！"苏瑾歉疚地喊，"快找医生看看。"

杨晏然突然揽她入怀，哽咽着说："小瑾，都是我没用，我知道其实你没有那么喜欢我，可我不想失去你——别离开我好吗？没有你我会活不下去！"

苏瑾的心困顿不已，她清楚地知道自己对杨晏然只有感激没有爱意，可是因为自己，他的手已经残疾。如今，两个人的事业也牵扯在一起，根本没有办法说"分手"二字。

她一直觉得杨晏然和她在一起，更看重他们是利益共同体。可是渐渐地，她却已经分不清杨晏然对她的依赖到底是感情多一些还是事业多一些。也许等到他事业有成，他不再需要她了……也许会还彼此自由。

苏瑾心里幽幽地叹口气，抬手轻轻拍拍了他的后背。

后来警察通知他们，那个挟持苏瑾的男人被查出有精神病，所以他不会被起诉，暂时由家人送往精神病院进行治疗了。

莫小晚对此愤愤不平："多危险呀，要不是顾峥及时报警，后果不堪设想！他怎么能不付出代价呢？"

苏瑾只能苦涩一笑，自认倒霉了。

虽然手上打着绷带，但苏瑾也一直在坚持上班。

这天苏瑾送客户林太太到电梯口，在进电梯时突然想起什么似的转过身问苏瑾："Sophie，你有可靠的律师可以介绍一下吗？我相信你一定不会介绍错人。"

苏瑾微笑："林太太，谢谢您的信任，如不嫌弃，我把我们公司的法律顾问推荐给您，如何？"

林太太笑容可掬："那最好不过。"

电梯来了，林太太走进电梯："Sophie，麻烦你把律师的信息发到我微信里。"

"好的，林太太。"

一上午苏瑾都在处理文件，直到林太太的电话响起来。

"Sophie，我信任你，相信你推荐的律师，但你真的确定他从美国来吗？我怎么没从他身上看出美国律师的专业态度？"

苏瑾一怔："是陈白，陈律师吗？"

林太太火气更胜："苏小姐，理财上我或许不懂，但并不是文盲。"

苏瑾耐心地问："这中间是不是有什么误会？我先问一下情况，晚点儿联系您，好吗？"

电话里传来林太太冷冷的声音："不用了。另外我也怀疑你的专业水准，至少是识人不明，后面的投资，暂不追加了。"

电话挂断，苏瑾无奈摇摇头。陈白对客户的态度一向是最好的，林太太修养也不错，出手大方，人也亲切，是她最优质的客户之一，陈白没理由这样啊。

想了想，苏瑾拨通了陈白的电话，结果一直没人接。

苏瑾思忖，也许自己看到的是林太太最阳光的一面，而陈白恰好见识的是林太太精干的一面。陈白既然选择不替林太太服务，想必有他自己的理由。

苏瑾很快放下了陈白的事情，边看下午要见客户的资料，边对付助手送来的日式午餐——三文鱼寿司。

助手好奇地问："苏总，您喜欢吃寿司？"

苏瑾看了新来的助理一眼："谈不上喜欢不喜欢，只是觉得快捷罢了。"

看看时间快到了，苏瑾收拾一下，去洗手间补了补妆，然后走出了办公室。

客户约的地方，是一个高端休闲会所。那里绿树成荫，蔷薇花清浅淡粉，星星点点缀满枝头，有一种温柔的活泼与宁静。客户已经在凉亭里等她，苏瑾快步走上去。

合同签得很顺利，毕竟是之前美国的老客户的同学，苏瑾很快告辞，走出会所，只觉得神清气爽。

苏瑾盘算着给梁宏订一份他最喜欢的樱桃蛋糕，但又踌躇怕樱桃对肾脏不好。以前，她也这样踌躇过，总是顾铮买下来。

"梁宏还是小孩子，一点儿喜欢的零食都吃不上，真够惨的。这样，我最多让他吃一小口，就一小口。"顾铮唯恐她抢自己手里的蛋糕，把手举得高高的。

苏瑾情不自禁地微笑起来，刚打算要买一盒，眼光不经意地一扫旁边的酒吧，吧台前坐着一个穿浅灰西装的男人，在白天的酒吧里格外醒目，那个身影跟公文包，她

也很熟悉。

"陈白。"

男人转过身,果然是陈白,浑身酒气,脸颊通红,眼睛泛着血丝。

苏瑾皱皱眉:"怎么白天就来喝酒?"

陈白已经有点儿不省人事,只对着她傻笑。

"您是他朋友吧,麻烦您把他送回家。"酒吧的服务员看到苏瑾,如同看到了救星。

苏瑾掏出电话打给莫小晚。

"小晚,陈白喝醉了。我把地址发给你。"

已经快睡着的陈白,听到"小晚"两个字,像突然被人打了强心针。

"小晚,是我的小晚?"说着,陈白来抢手机。

"喝醉了?出息!"在电话那边的莫小晚"哧"了一声,"我跟他已经分手了。"

"分手?小晚,你们吵架了?"苏瑾一惊。

"晚点儿再找你。"

"小晚……"

小晚的电话已经挂断,苏瑾无奈地看了一眼陈白,替他结账后,请服务生拦了一辆的士。谁知车还没停稳,的士司机一看醉虾似的陈白,赶紧一溜烟开走了。

服务生一副见怪不怪的表情让苏瑾明白了,的士都不愿意搭载酒醉的客人,怕他们弄脏自己的车。

苏瑾叹了口气,掏出手机下意识地就要拨通顾铮的电话时,突然惊醒过来,自己在干什么?怎么还要这样事无巨细都习惯依赖他?

苏瑾愣愣地看着手机,手里一轻,她吓了一跳,抬头一看,顾铮赫然就站在眼前。

"你怎么在这里?"

"因为知道你需要帮忙,所以,我来了。"顾铮扬扬眉,得意扬扬地指指停在旁边的车。

苏瑾跟顾铮合力把陈白扶到了车的后座上躺好。陈白已经完全喝醉了,嘴里却还呢喃着小晚的名字。

"他这是怎么了?"顾峥皱皱眉,"难道又是跟莫小晚吵架了?"

"我还没来得及问他。"

顾峥望了一眼坐在副驾驶位置的苏瑾,柔声问:"手好了吗?"

苏瑾点点头:"不碍事了,只是不敢穿短袖了,怕疤会吓到别人。"

顾峥沉默一下，内疚地说："我应该早点儿赶到。"

"从我公司到出事的那个位置要半个小时，你能那么快赶来我已经觉得很幸运。"

"想想都后怕，万一当时我没有看到微信呢？"

苏瑾垂了垂眼："顾峥——"

"什么？"

"谢谢。"

"我收到你的谢意了！"顾峥笑起来，停顿一下又说，"其实是这家伙给我打电话了，他在喝醉前给我发了信息让我来这里接他。"

"他借酒浇愁？"

"小晚要跟他分手。"

"我刚给小晚打电话，她跟我说了，我还以为只是她吵架时说的气话。"

"为什么？"

"大约小晚对陈白的处世方式有点儿不认同。"

苏瑾点点头，没再说话。的确，以莫小晚的家世跟人生经历，很难去理解陈白的"为五斗米"折腰的现实。

等红绿灯时，顾峥深深凝视了苏瑾一眼。

她面孔清瘦秀丽，有瀑布一样的披肩发，在阳光下发出细碎的光泽，化着淡妆的她，更有了一丝明媚与柔婉，有青松的孤直，又有霜菊的淡然，而现在更添了从容与自信，距离当年十六岁那个沉默苍白的少女，已经十分遥远了。

然而，顾峥发现，无论她是在十六岁槐树街上给自己补课的少女，还是在病床前含泪对自己说"欧巴！你也要幸福"的她，还是波士顿一瘸一拐的她……每一个她，都让他魂牵梦绕，她的每个动作、每个神情都牵动着自己的情绪，她永远是他记忆沙砾里的珍珠。

顾峥也曾试图放下苏瑾，可是，到后来他发现，她是镌刻在他整个青春岁月里最深刻的记忆，是他人生最明亮、炽烈的一段经历，如果这个城市没有了苏瑾，他跟这个城市就是疏离的；这片天空下如果没有苏瑾，即使再温暖的阳光，他也不觉得可爱。

到了陈白家，顾峥从陈白包里找出钥匙开门，再将他扶到床上。苏瑾倒了一杯水放在陈白的床头，等安顿好他后，他们一起离开了他家。

送苏瑾回家的路上，顾峥问起梁宏在学校的一些事，他也知道梁叔将李凤华接回了家，为此梁宏对他爸意见很大，干脆就不回家了，现在他已经适应了新的学校，跟苏瑾的关系也越发要好。

因为自己经常加班，本想请家政给梁宏做饭，但他坚持说不用，觉得自己已经长大，可以照顾好自己了。

苏瑾看到懂事的弟弟，很欣慰。他小时候因为身体不好，所以性格内向胆小，特别是母亲去世时，梁宏还小，她一直担心弟弟会变得孤僻，但现在看来他比她那时候开朗多了。

2

傍晚的时候,苏瑾还没下班,莫小晚就去了她的办公室。

"先等我一会儿,小晚。"苏瑾吩咐助手为小晚端上水果以后,继续埋首工作。

莫小晚拿着手机与人聊天,唇边不自觉地露出笑容。苏瑾抬眼的时候也笑了,心里想着她应该是跟陈白和好了。他们俩总是这样闹别扭,一会儿吵,一会儿好,像孩子般。不过她羡慕这样的恋爱,有时间腻歪,有时间争吵,有时间去做很多事……而她和杨晏然之间一直客气周到,小心翼翼到生怕对方会多想。

等忙完了工作,苏瑾整理好资料,站在莫小晚身边,她也浑然不觉。

"那天见到他还借酒浇愁来着?"

"谁?"

"陈白呀!"苏瑾古怪地望他一眼,"不然还有谁?"

"我跟他已经分手了。"

"认真的?"苏瑾大惊,"你们不是之前还好好的吗?"

"道不同不相为谋。"

莫小晚在那天怒气冲冲地离开后,直接在微信上跟陈白提的分手,他也以为她只是一时生气,上门求和却被她赶了出去。陈白还是觉得事情没有多严重,买了花准备了礼物每天都去求和,但这一次莫小晚的态度尤其坚决,后来她说:"陈白,我喜欢上别人了。"陈白才相信她分手的决心。

他死缠烂打的招数已经没有任何用了,这只会让她更加心烦。这些天他终于消停,没再来缠着她了。

"小晚,你忘记之前陈白怎么对你的吗?"

"他是对我好,可我跟他太不合适了。"

"怎样的才合适?"

"学识渊博,温文尔雅,有梦想有追求,是个谦谦君子。"

"你遇到这样的人了?"

"赵铭,你还记得吗?"莫小晚兴奋地举起了手机。

"就是那个长得像唐老师的男人?"

"今天我想让你见见他。"莫小晚挽住苏瑾的手臂。

"小晚,"苏瑾认真地看着莫小晚,"你们到底怎么回事?"

"什么怎么回事?"

第6章 越陷越深

"你要跟陈白分手，是因为他吗？"

"我跟陈白分手是因为他见利忘义，没有是非观念！"莫小晚想起来还觉得生气，"他替一个人渣打官司，你觉得我还要跟这种人在一起吗？"

苏瑾叹口气，郑重其事地望着莫小晚："你最了解陈白为人，他并非没有底线。"

"陈白是很好，可是他对我太好了……"

"恃宠而骄可不行。"苏瑾的眼神黯然一下，"别失去了再后悔。"

"也许是我不够喜欢他吧。"面对苏瑾，莫小晚不打算撒谎。她这段时间心思游离，自知已经被性格不羁的赵铭所吸引，不仅仅是因为他长得像唐老师，还因为他们在交谈中，有心有灵犀一点通的惊喜。

她有一种遇到知音的感觉，而陈白，跟他的相处中，她只会觉得他唯利是图，市侩又精明。

在莫小晚的坚持下，苏瑾还是跟她一起去见了赵铭。他穿着一件宽松的棉质T恤、休闲裤和布鞋，一种艺术家洒脱不羁的气息，眼神很平静。

苏瑾得承认，他和陈白真的不同，小晚能被吸引也非意外。

赵铭跟苏瑾颔首示意："听说你曾经在美国华尔街工作，现在自己在创业？"

"只是小公司。"苏瑾谦虚地笑道。

"我其实有点儿好奇你跟小晚怎么会这么要好？"

苏瑾和莫小晚不解地望了彼此一眼。

"没有人说过吗？你们一点儿都不像。"赵铭说，"小晚热情简单，而你内敛沉静，她更喜欢随遇而安，但你却是一个有野心的人。"

"赵铭！"莫小晚有些急地打断他，"苏瑾只是很有事业心。"

"事业心跟野心有区别吗？"

"我不否认我非常渴望成功。"苏瑾冷冷地望着他，"为此我一直在努力，并且也不觉得这样的努力有什么值得诟病的地方。"

"所以你不太可爱！"

"赵铭！"莫小晚忍不住打断他，无可奈何地说，"你就是喜欢辩论，但今天我们只是来吃饭而已，能好好聊个天吗？"

苏瑾笑了："我倒觉得跟你这位朋友聊天很有趣。"

"他性格就是直。"

"性格直跟自以为是挺接近的。"

赵铭一怔，突然大笑起来："有趣，你倒是有趣。"

那一餐吃得气氛有些别扭，苏瑾和赵铭有些针锋相对，而小晚就忙着打圆场。苏瑾在心里也觉得奇怪，平日自己并不是一个喜欢争辩的人，可为什么对着赵铭态度就不好了？再想想，大约是因为陈白吧，她在为陈白抱不平呢。

可是自己又有什么资格去说服小晚呢？她的感情都无暇处理，就像鸵鸟一样逃避着。和杨晏然在一起谈论最多的也是工作，他们甚至没有去看过一场电影，更没有去哪里游玩。新公司的事务固然很多，但其实也是她在逃避和他单独相处。

她不知道自己怎么了。

不是答应了杨晏然的求婚了？可心里却这样抗拒他。

那天晚上，莫小晚去苏瑾家住，梁宏跟她们打过招呼就回房间了，莫小晚还以为他在做功课，一进去发现他竟然在看闲书。

莫小晚出来对苏瑾说："你弟弟可没有你当年学霸的范儿。"

苏瑾在电脑前忙工作，抬头苦笑一下。当年的她太想要离开槐树街了，就像有猛兽在身后追赶，她只能拼命地往前跑，害怕自己一个不小心就万劫不复。

莫小晚自顾自去衣橱里找出睡衣，洗漱后舒舒服服地躺在苏瑾的床上。

"你觉得赵铭怎样？是不是很有个性？"

"他哪里是温文尔雅的谦谦君子？"

莫小晚的笑意更浓了："也许喜欢一个人的时候，就会觉得他什么都好。"

苏瑾停下手里的动作："小晚，你是因为赵铭才跟陈白分手的？"

苏瑾的认真，让莫小晚一怔。

莫小晚看着苏瑾，同样认真地回答："不是。我跟陈白分手跟赵铭无关。"

"那你觉得赵铭跟你合适吗？"

"挺合适啊，我们在一起很开心。"莫小晚有点儿满不在乎。

"可我觉得，你们才认识这么短的时间，大家的了解都不够。"

"小瑾，我知道你是关心我，但是，你知道吗？跟他在一起，我觉得更快乐。"

"可他不像是那种会照顾人的人，你跟他在一起会很累。"

"苏瑾，你会照顾人吗？"莫小晚问。

莫小晚的表情让苏瑾知道，她心意已定，自己再怎么劝说都会徒劳无功。她有点儿自嘲地笑，想来今晚自己劝说莫小晚的话，顾铮应该听过无数次。

沉默了半晌，莫小晚突然开口。

她轻轻地说:"小瑾。其实他并未向我表白,我们现在只是很好的朋友。"

苏瑾的心隐隐地有些担忧:"小晚,我不希望你受到伤害。"

"我知道和陈白在一起我会过得很安稳,但这不是我要的感情,遇到赵铭,我觉得这才是真正的缘分。"

月光像一缕似有似无的轻纱笼罩着窗前的一切,空气馥郁着黄角兰清甜的花香,这一晚,苏瑾跟莫小晚都失眠了,各怀心思,在追忆,也在叹息。

3

苏瑾煎了溏心蛋，烤好面包，热了牛奶，洗好的圣女果放在白瓷的盘子里，火红圆润地堆在一起，新鲜欲滴。

可惜莫小晚牛嚼牡丹似的几口就把溏心蛋塞了下去，"咕咚咕咚"一口气灌了一大半牛奶，然后抓起两片面包衔在嘴上，匆匆忙忙地收拾着。

"今天约了几位画廊的老板。"莫小晚手忙脚乱地穿鞋子。

苏瑾笑了，看着莫小晚一阵风似的冲出去，仿若当年那个神采飞扬的少女又回来了。

从车库开出了车，莫小晚就拨通了赵铭的电话。

"起床了吗？记得我们今天要去蓝美画廊哦。"

"嗯……不是去前尚画室吗？"赵铭迷迷糊糊的声音传出来。

"昨天跟你说过了，前尚的周总出差了，后天回来，所以我们先去见蓝美，我二十分钟左右到你家。"莫小晚挂了电话，专心开车，如她预料的，马路上还没多少车，一路畅通无阻。

赵铭和之前画廊在理念上有分歧，所以他辞职了。

莫小晚干脆邀请他加入自己的画廊，签合同的时候给出了很优渥的条件。倒是赵铭很犹豫，觉得他们原本是朋友关系，现在变成了雇主和员工的关系，相处起来不那么自然。但莫小晚说服了他，她说他的画很有潜力，他当她是朋友就把画作交给她打理，她在商言商，在推荐他的画时会收取一定的佣金。

他同意了。现在他们是利益共同体，所以莫小晚积极地找其他画廊推销赵铭的画，大学里能联系的同学都联系了个遍，甚至是曾在大学里追过她一阵子的大学同学周坤。

蓝美画室是莫小晚大学学长周坤的姐夫开的。周坤接到莫小晚的电话很意外，听明来意后说："他是何方神圣，劳你大驾？"

"很好的朋友。"

"我们也是朋友，可没见你对我这样……"

"好啦，谢谢周学长，改天一定好好地请你吃饭。"

周学长不无遗憾地说："光吃饭有什么用？你又不做我女朋友。"

莫小晚嘻嘻一笑："改天我跟赵铭请你吃海鲜，再请你唱歌？"

周学长是麦霸，可惜五音不全，听他唱歌简直是对耳朵的凌迟。这位实至名归的"歌房毒药"，还特别喜欢大家听他唱歌。所以，只要他一出现在KTV（配有卡拉OK和

第6章 越陷越深

电视设备的包间）里，下面的一幕就一定会上演。

"我想起来了，我有东西丢在车上了，得赶紧去拿。"

"啊，车库晚上不安全，我陪你去吧。"

"我接个电话。"另一个捂住电话跑了出去。

"他们太不够意思了，太过分了……我今晚其实是偷跑出来的，那个策划案必须完成。"这个也跑了。

"……"

当所有的理由都找完了后，剩下的人就是一脸生无可恋的表情。

果然，当莫小晚提到请周学长唱歌，他眼睛一亮。

"真的？"

"真的，真的，学长。"

"择日不如撞日，就今天晚上吧。"

"今晚啊……"莫小晚懊恼得肠子都青了，她好死不死提什么唱歌？

于是，在陪赵铭见蓝美画室的宋总的时候，莫小晚一副上刑场的大义凛然与悲壮决绝，弄得宋总莫名其妙地看了她好几眼。

蓝美画室的宋总其实对赵铭的画出价一般，他觉得他的画没有太多新意，只是看在莫小晚的面子上抬高了价格。莫小晚找了个理由支走赵铭，然后对宋总说，她愿意用其他的画作为交换，希望他能当着赵铭的把价格再开高一些。

宋总笑了："你这样做只是为了维护他的自尊心？"

"他是有才华的人，我相信他的画一定会有升值的空间。"

"很多画家都要过世以后才能大火。"宋总笑了，"你这样帮他，理由我也不用问了，懂。"

"那是否成交？"

"你的条件这么好，我当然答应！"宋总主动与她握手。

走出蓝美画室，莫小晚心情很好，相比她的雀跃兴奋，赵铭则淡定许多。

"不过是一个小画廊，值得这么高兴吗？"赵铭的语气里有些讥诮。

莫小晚嫣然一笑："今天虽然只是小画廊，但你这么有才气，我一定会让你成为这个城市最红的画家。"

"你不怕我超越你吗？"

"当然不！"莫小晚说，"你明明画得就比我好！"

赵铭深深地望着她，莫小晚的一颗心好像要蹦出来，空气中仿佛都是炸裂的蜜糖的味道。莫小晚半闭的眼睛无意扫到了对面广场巨大的电子屏幕上正播放的一段广告片，那是最近最火的一栏节目《画魂》，由当地的知名画家一对一地选择一位后起新秀做他的导师，然后把学生的作品由所有参与的导师公开点评。

莫小晚精神一振，赵铭顺着她的目光看过去。

"怎么了？"

"赵铭，你红的机会来了！"莫小晚两眼闪闪发亮，像发现了一座金矿。

"秦远，在哪儿呢？"莫小晚立刻给高中同学秦远打电话。

秦远大学毕业后，进入了一家电视台做导演，昔日的差生现在在电视台混得风生水起。

秦远有些意外，在电话那端笑问："莫小晚，怎么想到给我打电话？"

"在忙吗？今天能见面吗？真有事情找你。"

"两个小时以后有空，你在哪儿？我去接你。"

"不用，我去电视台等你。"

"简直受宠若惊啊，大名鼎鼎的画家莫小晚这么迫不及待地想要见我。"秦远戏谑地说。

"我马上过来。"莫小晚挂了电话。

莫小晚跟秦远约在了电视台楼下的咖啡馆。

"说吧，什么事？"秦远刚坐下就急匆匆地问。

"我有个朋友想上你们电视台的《画魂》节目做导师。"

"这……你当导师没问题啊，但是新秀画家，是要经过严格筛选的。"

"所以，我这不是找你帮忙吗？秦大哥……"

听到莫小晚这么叫他，秦远感到后背一阵发凉。

"我记得摄制组之前不是给过你邀请函吗？你来肯定没问题，至于那位新秀，我只能帮你探探路。"

"你就帮帮我吧。"

"我试试吧，只能尽量，不敢保证。"

晚上，莫小晚就接到了秦远的电话。

秦远有点儿为难："我今天跟节目组那边沟通过了，那边的意思是，除非两百万的赞助……"

"行，我来想办法。"莫小晚在洗手间用口红在镜子上写下两百万，这几年她的画也卖了些，但她开的画廊也在不断地买画运作，所以她手上的现金不够。她在这一刻想，可以先把车卖掉，或者把房子抵押出去呢。她跟赵铭虽然只是朋友，但她却一门心思地想要帮助不得志的他，就连她自己都没有察觉，她这种心理不过是为了弥补当年对唐老师的愧疚。

"其实我们之前有个房地产赞助商当时很希望你能来做导师。"秦远在电话里说，"后来听说你不肯来，赞助也没有到位。"

"所以？"

秦远艰涩地说："节目组的制片人想安排个饭局，看你愿意出席不？那些商人就是想要找艺术家来陪衬……"

"我去！"

"小晚，你疯了？那个人真的就这么重要，值得你用两百万来捧他？"

"他值得。"莫小晚平静而笃定地说。

"好吧，需要我帮忙尽管说。"

"谢谢。"莫小晚认真地说。

秦远挂了电话。

4

莫小晚过几天就去参加了那个饭局,她早知道这些钱不好拿,当她在洗手间吐的时候,才意识到自己还是太天真。

她来者不拒地喝了一杯接一杯,然后就感到有只不怀好意的手在自己身上游离,她拼命抑制自己一巴掌甩过去的冲动,羞愤地躲避着。

她洗了一把冷水脸,然后重新化上妆,踩着八厘米高的高跟鞋向着包间走去。

孟总是一位地产开发商,看到莫小晚进来,不怀好意地拿起一瓶XO(特陈白兰地),向她走过来。

"莫小姐是爽快人,今晚我当着所有兄弟的面把话放这儿,只要莫小姐喝下这瓶酒,两百万的赞助,我给了!"

莫小晚抬起迷蒙的眼睛,接过酒瓶。

"孟总,君子一言,驷马难追。"莫小晚一仰头就开始往嘴里倒酒。

因为酒倒得太急,有些亮晶晶的酒液汩汩地从嘴里溢出来,"滴滴答答"地滴落在她湖蓝色的真丝连衣长裙上,更显得狼狈不堪。

一瓶酒喝完,周围响起了掌声,莫小晚已经趴到了桌子上,孟总朝服务员递了一个眼色,两个服务员扶着莫小晚就向外面走去,包厢里的其他人相互递了一个高深莫测又会意暧昧的笑容。

"孟总还是跟从前一样惜香怜玉。"有人打趣。

就在这时,包厢门打开了,秦远站在了门口。

"孟总、李总、王总,单已经买了,您几位吃好。如果还不尽兴,我在旁边的歌城订了包房。"

"唱歌就不用了,我们送莫小姐回家。"

"不用了,她住我家。"秦远暧昧不明地笑了。

"你们是什么关系?"

秦远打着哈哈,故意地说:"就是您看到的关系啊。"

"行啊,你小子,藏得够深啊,带她走吧。"孟总冲服务员挥了挥手,故作大方地说。毕竟他不想得罪电视台的人,若是回头记恨上了,曝光点儿啥出来,那也是得不偿失。

秦远不知道莫小晚住哪里,只能带她回自己家,让她住在卧室里,自己睡了沙发。等莫小晚头疼欲裂地醒来时,看到陌生的环境,吓了一跳。再低头一看,发现自己穿着

衣服，松了口气。定了定神，莫小晚起床走出卧室，发现秦远穿着家居服躺在沙发上睡着了。

她去把秦远摇醒，听他说了昨晚的事，后怕不已，若是没有秦远守在门口，后果不堪设想。

其实她并不是一个善于应酬交际的人，平日画廊的事也多交给店长打理，她更多的还是潜心画画，或者去旅行采风。为了赵铭她改变了自己很多，她开始热衷于攀关系，找机会，利用人脉圈子达成自己的目的。

然而最糟糕的是，她竟然还来参加这种目的不纯的饭局，明知道那个孟总找她陪酒就是不怀好意，但她还是忍受了一切。

想想自己对陈白也没有如此好过，从来都是他为她做这做那，考虑周全，还生怕惹了她不高兴，总是小心翼翼的。而她就越发觉得他没性格，没脾气，可劲地欺负他。也许他们的分手不是因为他打了一场昧良心的官司，而是她找了这样的一个借口跟他提分手。

有时候也会想起陈白来，如果她知道她为了两百万的赞助拼死喝酒，一定会气疯的吧。

那个视她为珍宝的男人，她却弃之如敝屣。

但这种愧疚很短暂，在面对陈白给她打电话、发微信，到她家来找她，或者去画廊等她时，她都是冷着脸，很决绝地让他不要再联系她了。

当初他为了她回的国，她想也许他坚持不住就回美国了呢？她希望他快点儿走，别总在她面前晃，这样她的心就不会那么难过和自责了。

他们也曾经有那么多美好的时光呀，可为什么人心就会变呢？

莫小晚把陈白从手机上删除拉黑，决意要跟过去这段感情一刀两断，她一直担心孟总的赞助不到位，幸好没过几天节目组就收到了赞助，又因为秦远的周旋，这一期的《画魂》多给了赵铭三分钟的介绍，而且他做导师的毒舌风格很快引起了关注。

在节目播出后，有很多家画廊来找赵铭，表示愿意合作，莫小晚在甄选过后觉得条件都不甚满意，她将他们一一回绝。

赵铭有些意外："之前我还联系过那家，他们找了一大堆理由来推辞，现在谈条件不是正好的时机吗？"

"这个时候要沉住气，"莫小晚笑了笑，"《画魂》才播出一期呢，你现在已经打响了人气，身价只会越来越高。"

赵铭神色有些黯然："其实我知道自己在画画这件事上并没有天赋，不像你，有灵气又懂得创新，有时候画得不满意我真的就想放弃算了，可……别的事我又能做什么呢？学了十多年画画，我好像也只能这样了。"

"别着急。"小晚宽慰道，"除了参加节目，你就静下心来研究画画。我找了几本画册回来，你多研习一下，会有帮助的。"

莫小晚几乎暂停自己的事业，全心帮助赵铭，俨然是他的经纪人，替他联系采访，替他筹备画展，在她的指点创意之下他完成的几幅作品获得了很好的口碑和名次。

赵铭的身价水涨船高，之前冷眼看他的很多画廊、收藏家纷纷打电话给赵铭想要收购他之前的作品。赵铭询问莫小晚的想法。

"不，再等等。"

"好。"

赵铭没有问原因，直接回答"好"，反而让莫小晚有点儿怔住。

"我相信你想得比我周到，你是对我最好的人，没有之一。"

赵铭凝视莫小晚，眼神温暖深邃，莫小晚骤然觉得呼吸静止了，她甚至不敢呼吸，生怕一不小心就惊破这一池宁静的深潭。

事实证明，莫小晚是被美术界耽误的营销精英，经过她一番运作，赵铭赫然已经成为一颗炙手可热的新星，一时间风光无限。

苏瑾从客户那里回公司，就赫然发现办公桌旁有两个穿着警服的警察端坐着。苏瑾心里一沉，用询问的眼神问助手。

助手压低声音回答："我打过您的电话，您关机。"

苏瑾想起在跟客户谈合同细则的时候，是有两个电话打进来，她摁掉了以后，干脆关了手机。

两个警察相互看了一眼后，站起了身，并向苏瑾亮出了自己的工作证。

"你是苏瑾，公司的法人？"中年男警察问。

"是，我是苏瑾。"

"据查，你的公司涉及一宗非法理财的案件，现在，麻烦您跟我们回警察局接受协助调查。"

苏瑾强迫自己冷静下来，大脑飞速地旋转。

"我可以给律师打个电话吗？"

"请便。"

苏瑾拨通了陈白的电话。

"陈白，你现在在哪里？我公司的一个项目据说涉嫌非法理财，现在我要去警察局配合调查。"

"我马上来公司。"陈白也是一惊，叮嘱道，"回答要谨慎，最好什么都不要说。"

警察带苏瑾回警察局后，指出了她公司的一位名叫龚凡的基金经理，他所负责的理财项目涉嫌非法融资，有投资者报警，等警察找到他家时，他已经潜逃。

苏瑾作为公司的法人，难辞其咎。

苏瑾看着文件上自己熟悉的签名，隐隐约约想起一件事情，龚经理的确让自己签过一份文件，但她记得自己当时签的是一个保险项目的文件，什么时候变成了这个项目的签名？

再仔细想想，龚经理竟然跟她玩了偷梁换柱。

那天龚经理来的时候，她刚要签，他不小心打翻了一杯咖啡，弄得手忙脚乱了好一会儿，她收拾了一下，才签了文件。

一定是……一定是在那时，他偷换了文件。

苏瑾懊恼不已，自己为什么没有把文件重新检查一次。教授不止一次地在课堂上提醒过他们，作为金融专业的他们，务必要看清每份文件的每一个字、每一个标点符号，一定不能轻率地签上自己的名字。稳了稳心神，苏瑾决定还是替自己辩解一下，其实她也知道，这样的辩解是多么苍白无力。

"这份文件，是在我没有看清楚细节的情况下签的，也就是我没有主观愿望去签。"

"证据呢？"警察轻松地就反驳了她。

"我的公司业绩良好，优质客户多，不需要去做这样一个对公司信誉有巨大风险的项目。"

"苏小姐，你是留学回来的，对吧？追求利润是资本的本质。"年轻警察有点儿嘲弄地说。

苏瑾不再说话，等着陈白。

很快陈白来了，提出了保释苏瑾，却被拒绝了。

"怎么样？"苏瑾脸色苍白地问。

"情况……并不太好，里面的最关键的文件有你的签名。"

"你知道我不会这样做，我没有这个动机。"

"我知道，但我们唯一的机会就是找到龚凡。"

"还有别的选择吗？"

"还有两种情况，第一种，你认了，我给你做有罪辩护，做经济补偿，争取缓刑。"

苏瑾的手在桌下微微颤抖，头低下去，唇色更加苍白。

"第二种呢？"苏瑾轻轻地问。

"案子跟你无关，是另有其人授意骗取了你的签名。"陈白补充道，"前提是那人主动投案自首。"

苏瑾抬起了头看着陈白，他也直视她的眼睛，她明白了他的想法。

"现在只能寄希望于警察能抓到龚凡，但我们得做两手准备，如果在没有找到龚凡，或者找到他，他不承认的情况下，我们只能应对这个诉讼。"

"如果一直找不到龚凡，那你替我准备做有罪辩护吧，另外让杨晏然调集资金，积极赔偿投资者的损失。不行的话，卖掉我的房子跟车子。"

"苏瑾，你明白这意味着什么吗？"

苏瑾苦涩地笑了一笑。她怎么可能不知道这意味着什么？

这意味着她的职业生涯有了污点，意味着她永远没办法在信誉重于一切的金融界立

足,也意味着她跟梁宏又要沦落到无家可归的境地。

苏瑾望着窗外怔怔出神,她从槐树街的阁楼里,从那个苍白刻意与这个世界保持疏离的自己,到北大,到波士顿的麻省理工学院,到回来创建自己的公司,好像一个美丽的肥皂泡,顷刻间她的世界就支离破碎得不成样子。

陈白临走的时候,苏瑾交代道:"这件事暂时不要告诉顾峥和小晚。"

"要是小晚知道我不说,会杀了我的!"

"我现在不能保释,也不太知道具体的情况,说了反而让他们担心。"苏瑾停顿一下,"我被警察带走的时候,晏然在出差,现在也应该知道我出事了,只是我没有办法联系他,你给他打电话,让他给你找一下这个项目的所有资料。"

"好。"

"梁宏一个人在家,你替我去家里告诉他,姐姐出差了。"

"好。"

"小瑾。"陈白一笑,"在美国的时候,小晚找我替你辩护,后来官司和解,你避免了一场诉讼,但这一次看来是避免不了一场硬仗了。"

"不管官司结果如何,你不要有压力,更无须自责。"

"唉!"陈白叹口气,"都到这个时候了,你还在考虑这个考虑那个的!"

苏瑾在警察局待了一晚,那一晚是如此漫长。

较之在KPCB公司实习时被诬陷泄露商业机密被抓进警局,这一次她感到更加孤独、迷茫、恐惧、绝望……有个身影反复在脑海里穿梭,有一个名字一直在她唇间徘徊。

"顾铮,我该怎么办?"

回答她的,只有自己空洞的心跳。

她想起那个有着和煦微笑的少年,他的发丝在空中飞扬,骑着单车风一样地穿梭在街巷里,这个少年承载着自己最灰暗最沉寂岁月的所有阳光,也是她一次次地把他从身边推开,一次次地把他们之间微弱的可能推到不可挽回的绝境。

她的确是个狠心的女人,对自己狠,对给了她全部爱与眷恋的顾铮更狠。她原本以为,他们是可以在一起的,但是,当她眼睁睁地看着顾铮被李凤华推下阳台,像一只风筝一样坠落时,她停止了心跳,周围的一切都胶着凝固了,包括她的呼吸都被胶着了。她呆呆地看着,听不到任何声音。

在那一刻,她才真正地意识到,顾铮他很早就知道自己的心,可她,是在那一刻才明白他对于自己的意义。

　　顾铮所拥有的生活，是明亮温暖的，她所有生活的重负与凄风冷雨，不该由他来承担。如果他跟她在一起，是他倾其一生替她背负原本属于她生命里的重荷，与她相依为命，那她更希望她的顾铮一生福泽深厚，繁花似锦，应有尽有，被全世界宠爱。

　　如果能这样，哪怕最终他们要彼此相忘于江湖，最终彼此离散，她亦心甘情愿。

第 6 章　越陷越深

Zhijian Hualiang Yi
Cheng Shang III

第7章
请你不要再来打扰

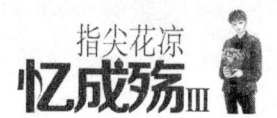

时间在一点点地流逝,天边终于泛白了,苏瑾低低叹息了一声,命运的翻云覆雨真是可怕,她兜兜转转,一路不断地放弃与失去,却还是要回到一无所有的原点。

一大早陈白跟杨晏然一起来了。

"苏瑾,别怕,我会想办法的。"杨晏然对她说。

苏瑾点点头:"我跟梁宏说出差了,你记得也这样告诉他。"

"好。"杨晏然轻轻地握住了苏瑾的手,感觉她的指尖冰凉,微微颤抖。

"苏瑾,待会儿你一定不能乱说话,一定要保持沉默,明白吗?"陈白突然说。

苏瑾迟疑地点点头,她对陈白的叮嘱有点儿疑惑。

后来她被警察释放,等她从拘留所出来的时候没有看到杨晏然。

"苏瑾,你要冷静一点儿听我说。"陈白非常严肃地望着他。

"怎么了?"苏瑾能感到事态很严重,心里一沉。

"昨天晚上我跟杨晏然分析了所有的证据,因为有你的签名,而且你是公司的法人代表,所以根本没有办法撇清——"

"可他们怎么放了我?"

"因为他去自首了,承认是他跟龚凡一起合作这个项目,也是他让龚凡去骗你在项目确认书上签名的。"

站在阳光下的苏瑾,对刚刚的消息有点儿反应不过来,愣愣地看着他,一个字一个字分析他话里的意思。

"苏瑾,杨晏然是自愿的,你别再节外生枝,让他的牺牲没有一点儿意义。"

"他为什么这么傻?"

"人傻起来还要原因吗?"陈白说,"你看看莫小晚就知道了。"

"不行,晏然根本就不清楚这件事,他不能坐牢!"

"晏然说,客户们认可的是你,如果你在外面,那公司还能运作。如果你有事,那公司就没有了,你们拼了一年的公司,眼见着公司发展得越来越好,不能因此毁于一旦。"

"可是——"

"苏瑾,他说得有道理!"陈白沉沉地望着她,"你想想,这个公司也是晏然的心血呀!你们从最早的组建到现在的规模,多不容易!而且很多投资人还等着你们来赚钱,如果现在你不去坐镇,整个公司都会乱套,那些投资人也会蒙受巨大的损失!也许他们会倾家荡产，负债累累，妻离子散！"

陈白继续说："比起你来承担这件事的后果，由他来代替，所造成的影响会降低到最小。"

"不行！"苏瑾的眼里蓄满了泪，她颤声说，"那样，他的职业生涯就毁了！"

"在他做这件事的时候已经想清楚了。"陈白语重心长，"小瑾，总要有人承担后果，现在又找不到龚凡，所以无法证明你根本不知情……"

"你想想办法呀！"苏瑾抓住他的手，苦苦哀求，"总会有办法的，是不是？"

陈白无可奈何地摇头："晏然也很清楚只能这样做，才能挽救你们的公司。"

"不！"苏瑾想要强迫自己冷静下来，可是她慌乱极了。

陈白望着她："苏瑾，这个时候你更要冷静。现在你去争取投资人的谅解，让他们签署谅解协议书。我这边会尽量争取缓刑，监外执行。"

苏瑾咬了咬唇，眼泪扑簌而下。

随后的几天里，苏瑾去面见了投资人，诚恳道歉，积极赔偿，争取到了投资人的谅解。陈白也在不断收集证人证言，证明杨晏然是一时糊涂，他之前信誉良好，希望法院酌情轻判，给他改过自新的机会。

宣判的结果，比他们预想的要糟一点儿，但也在陈白预测的结果内。苏瑾有失望，但并不意外。杨晏然被判入狱半年，法院驳回了陈白缓刑的申请。

庭审那天，苏瑾看到了杨晏然。他瘦了，憔悴不堪，胡子拉碴，嫌疑犯穿的囚服并不合身，松松地挂在他身上，更显出他的落魄与羸弱。

他看到了苏瑾，笑了笑，甚至还用口型告诉她，别担心。

苏瑾看着憔悴又落魄的杨晏然，心情极度复杂。如果不是因为自己，杨晏然不会因为手受伤，而葬送了他在华尔街的职业生涯，而现在，又因为自己的不慎，让他名誉受损，他的人生都因此大受影响，自己欠他的，真的永远也还不清了。

让苏瑾最难过的是，她发现，原来杨晏然比她想象中更加爱她，但她的心除了感动竟然只是觉得沉重——她一直觉得既然她在感情上无以为报，那就在事业上助他一臂之力。但现在，他揽下责任替她坐牢，将前途事业都放下，她根本就不知怎么偿还了！

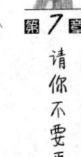

第7章 请你不要再来打扰

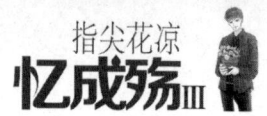

在公司最艰难的时候,苏瑾拒绝了顾峥的靠近。

他远远地开车跟着她,她却装作没看见;他来家里给梁宏辅导功课,她就一直在公司加班;他在手机上写了又删,删了又写,终于给她发了微信过去,但从来都石沉大海……她铁了心这件事要自己扛过去。

不想再把顾峥牵涉进来了。

她比以前更加忙碌了,每天没完没了的会议,见客户,数据分析……她希望等杨晏然出来的时候,公司做得更大更强,这样她才能对得起他的付出。

夜深人静的时候,她躺在床上,想起自己颠沛流离的小半生,会不由得落下泪来。

她觉得太累了。

人生怎么可以这么艰难?

知道杨晏然坐牢的消息,余蓓蓓倒是又意外又为顾峥暗自高兴:"这下苏瑾铁定跟他分手!"

顾峥瞪她一眼。

"喂,你别狗咬吕洞宾,不识好人心。为了你跟苏瑾,我还让我闺蜜她们去追过杨晏然。"

"你怎么能这么胡闹?"

"我胡闹?我还不是为了你。放心,你的苏瑾不会难过的,姓杨的对我那支'粉红兵团'一点儿兴趣都没有,他心里只有苏瑾。"

顾铮不再理余蓓蓓,回到自己的房间无力地往床上一躺,闭上了眼睛。

此时他的手机铃声响了,他迷迷糊糊地接起来一看,是梁宏打来的。

"顾铮哥……你今天有空吗?"

"小宏,怎么了?"

"顾铮哥,你跟姐姐吵架了吗?"

"你姐怎么说?"

"我就是很久没见姐姐笑了,以前她跟顾峥哥在一起的时候更开心些。"

"听我说,小宏,你姐只是工作太忙了,你平时要乖一点儿。"

"那明天放学后,你能来接我吗?"

"好。"

放学后，顾铮开着车去接梁宏。梁宏远远地就看到他，拼命向他挥手，笑得眼睛弯弯。

"顾铮哥，姐姐从来不让我去吃火锅，可是，我真的真的好想去吃一次。有家澳洲肥牛自助小火锅，我同学都去过，都说很好吃。"

顾铮知道，因为梁宏的病，苏瑾对他的饮食控制得十分严格，尽可能地摒弃不健康、会加重肾脏负担的食物。

可是当梁宏用他黑漆漆、湿漉漉的眼神看着他，他扛了一会儿，终于缴械投降。

"好吧，今天我们就去吃澳洲肥牛，可是，里面的菜有的你不能吃，我们就不吃。"

"好咧，顾铮哥，放心吧。"梁宏一路欢呼雀跃，让顾铮的心情也好了起来。他微笑着看着他，看到眉眼跟苏瑾有几分相似的梁宏，想如果不是家庭变故，苏瑾也应该是梁宏这样的吧。

俩人吃得十分尽兴，梁宏突然说："顾铮哥，时间还早，要不，你带我去游泳馆吧。"

"游泳？今天时间太晚了。"

"顾铮哥，求求你啦，就今天我姐不在，我姐在的话一定不可以。"梁宏满脸祈求。

顾铮有点儿动摇，但一想到如果梁宏生病了，忙碌的还是苏瑾时，他又狠下心摇摇头。

"顾铮哥，你总说我姐姐太小心翼翼，但是你也一样，你也把我当病人，可我烦透了这不能、那不能的生活，真的没一点儿意思。"

梁宏眼圈都红了。

顾铮沉吟了很久："你是不是真的很想去？"

梁宏拼命地点点头："想去！"

"那今天我陪你去，但是我们只游半个小时，半个小时后，我就送你回家！"

"没问题。"梁宏回答得很干脆。

也许是梁宏游泳完以后，刚刚冲了凉，头发没干透，就走出了游泳馆，迎来一阵风，他感到身上一阵冷，半夜的时候就发起了烧。

已经好像是习惯使然，梁宏首先想到的还是顾铮。他连忙打通了顾铮的电话。

"梁宏，这么晚了，还没睡觉？"顾铮轻轻地问。

"顾铮哥，我好难受，嗓子疼，浑身都疼。"梁宏带着一点儿哭腔说，"姐姐还没

有回来。"

顾铮知道梁宏跟苏瑾如出一辙的隐忍,如果不是难受到了极致,他不会以这种语气给自己打电话。

"梁宏,你能穿上衣服吗?"顾铮问。

"可以,顾铮哥。"

"好的,那你慢慢地穿上衣服,然后乖乖地在家里等我,我二十分钟左右来接你去医院。"

"好。顾铮哥,你开车小心点儿。"

顾铮赶到了苏瑾家,看到发烧烧得满脸通红的梁宏蜷缩在沙发上,像一只煮熟的小龙虾。

顾铮背起梁宏就往下走,放到了楼下的车里,然后一路风驰电掣往医院去。到了医院,挂了急诊,医生给梁宏诊断时,顾铮的电话响起来,是苏瑾。

苏瑾到家没看到弟弟,但她看到顾峥给她留的字条,立刻拨打了顾铮的电话。

"我弟怎样了?"

"小瑾,他有一点儿发烧,你别紧张,我们现在在医院里。"

"怎么突然发烧了?"

"今天我带他去游泳了……"

"游泳?"苏瑾有些急,"他这个身体状况是不能生病的。"

"对不起!"顾峥歉疚地说,"是我大意了。"

"你们在哪家医院?"

顾铮告诉了她医院名字后,苏瑾挂断了电话。

半个小时后,苏瑾赶到了医院。

梁宏躺在病床上,点滴正一滴一滴地滴到他身体里,因为发烧,梁宏的眼睛水汪汪的。

他看了苏瑾一眼,可怜兮兮地说:"姐姐,你别怪顾铮哥,是我非要他陪我去游泳的。"

苏瑾看着病床上的梁宏,脸烧得通红,嘴唇干裂,再想想他的病,觉得梁宏不懂事,辜负了自己,又想他不过也是一个孩子,也跟同龄人一样喜欢玩,而且相比他的同学,他真是被隔绝在一个透明又巨大的玻璃罩子里,如果自己多陪陪他,也许他就不会感冒发烧了。

一时间苏瑾焦急又心疼,懊恼又自责,加上最近杨晏然替她顶罪的事情……太多的压力，让苏瑾一直压抑的焦虑与烦躁急需一个发泄口。于是，在梁宏输液睡着了以后，她示意顾铮跟她到病房外谈谈。

"顾铮，谢谢你一直对小宏很好，但……以后你能别找他了吗？"

顾铮的脸色慢慢地变得苍白，眼睛闪过根本掩饰不住的悲伤，以至于苏瑾觉得挺拔的他，身体有些站立不稳。

"对不起，我只是想让他开心，没想到会这样。"

顾铮的眼神让苏瑾的心像被人用力拧过一样，清晰到窒息的疼痛，从心脏延续到四肢。

顿了顿，她低下头鼓足勇气继续说："我只是希望你别再来打扰我们平静的生活。"

打扰，竟然是打扰？顾铮的身体微微一震，眼底还有一抹猝不及防的惊愕。他就这样看着苏瑾，原本清亮的眸子渐渐笼罩上了一层浓雾一样的隐痛，渐渐地，这隐痛变成了浓烈的痛楚。好像从一场噩梦里醒来，却发现自己沉溺在深水里，有着依然无法抵达彼岸的无望。

"好，你多保重。"顾铮背对着苏瑾，轻轻地说完这句话就离开了。

苏瑾抬头看着他的身影逆光而行，渐行渐远，她的心随着他的离去，仿佛被拉紧的琴弦，传过来尖锐的疼痛。她软软地靠着墙，低下头，潸然泪下。

苏瑾在医院里陪了弟弟整夜，她几乎没有合眼，下半夜他退烧后，她才安下心来。

梁宏睡醒时，苏瑾正抱着电脑忙工作，一双眼睛布满了血丝。

"感觉好点儿了吗？"苏瑾见他醒来，放下电脑，把手放在梁宏额头上，再一次确认烧退了。

"顾铮哥呢……"

"他今天还要工作。"

"哦！"梁宏小心翼翼地看了苏瑾一眼，"你们吵架了吗？"

"能答应姐姐以后有事情给我打电话吗？"苏瑾背过身帮梁宏倒水。

"为什么？"

"不为什么，他只是一个外人，我们不能总给他添麻烦。"

"可我当他是亲哥哥！"梁宏说，"即使你们都分手了，可他还一直对我很好！并且说姐姐很辛苦，让我多体谅你！但你怎么对他的？每次看到他都很冷漠，你是不是因为晏然哥家有钱才跟他在一起？"

苏瑾看着梁宏认真的样子，气笑了："大人的事你小孩子懂什么？"

"我可不是孩子！"梁宏不满地说，"姐，你就是喜新厌旧！"

苏瑾瞪他一眼："晏然哥有什么不好？他也常请你吃饭，送你礼物，而且为了公司……"

苏瑾不由得停了下来，杨晏然的事除了陈白清楚，怕引起投资者的恐慌也没有对外公布。但陈白应该跟顾峥提过，所以对于公司的一些负面报道他没有来问过。

"姐，他为了公司怎么了？"

"没什么……"苏瑾话锋一转，"我知道顾铮很好，但不能因为他很好，我们就能这样无休止地给他添加麻烦。"

"可是，顾铮哥也很喜欢跟我玩。"

"他很忙，还要分心照顾你，会影响工作。"

"可是……"

苏瑾打断他："小宏，我们别说这个话题了，总之，以后你想做什么姐姐陪你。"

她不知道,此时顾铮坐在车里,眼前一片模糊,冰凉的泪淌满了脸。他从来没想到,自己的爱与守护变成了她的负担,这么多年的坚持,来来去去的牵挂、反反复复折叠的心思,原来早就变成了一厢情愿。苏瑾,她早已不在乎。

这晚顾铮失眠了。月光照着书桌前的素馨,苏瑾的话又在耳边响起。

"我只是希望你别再来打扰我们平静的生活。"

他突然笑了,笑得无奈而悲凉。小瑾,这是你的真心话吗?他真的是你最好的选择吗?他真是你最终想牵手的人吗?如果真的是,他能让你不再消瘦,让你真正展颜一笑,那么,我对你,最好的方式就是放手,真真正正地从你的生活中消失,给你最彻底的成全。

第二天,顾铮起床下楼到饭厅,肖琴一看他的脸色,吓了一跳,甚至把手伸过去想放到他额头上。

"哎呀,宝贝儿,你脸色怎么这么难看?"

正把热牛奶倒进玻璃杯的余蓓蓓笑出了声,一脸促狭地看着顾铮。

顾铮挡开肖琴的手,颇有些无奈:"妈——"

"余蓓蓓,你昨晚又住我家?"顾峥皱眉,"你家就留不住你吗?"

"对呀,要你去我家住,我就不来了!"余蓓蓓大大咧咧地说,"反正我就赖你家了,再说肖姨欢迎我,轮不到你表示不满!"

肖琴也护着余蓓蓓:"我把蓓蓓当女儿了,以后她就是你妹!"

"嗯,也不错!"顾峥抢走余蓓蓓手里的牛奶,后者不满地要抢回来,顾峥赶紧喝了一口,然后得意地笑了。

肖琴看着这温馨欢愉的时光,脸上露出笑容。最近她也想开了,她和顾知远也都过了二十多年了,她了解他的为人,他并不是那种不负责任的男人,而是她有时候猜忌多疑,破坏了他们的感情。其实那些矛盾误会在生死面前算什么呢?只要大家都健健康康,一家人平平安安的就好了。

其实是跟顾知远闹离婚那段时间,顾知远生病了,因为血象很高,去医院检查怀疑是恶性肿瘤。肖琴在房间里收拾,无意中看到丈夫放在抽屉里的病历,惊得一阵眩晕,她什么都顾不得了,直接冲到了顾知远的办公室里,看着憔悴不堪的顾知远,抱住他就哭了,这一哭哭得昏天黑地,等她哭够了,从顾知远怀里抬起头来,肖琴才觉得有些不好意思。

两个人终于敞开心扉，谈起最近的矛盾唏嘘不已。

原来这么多年的共同生活，他们都很珍视这个家，也深爱着彼此。

这场家庭风波终于过去，现在他们一家人又回到之前的生活状态里，平静而幸福。

过了些日子，顾知远手机里的暧昧女主角临走时，给肖琴打了一个电话。

"顾老师其实很爱你，也爱你们的家。"

肖琴只觉得心间突然涌上了一层又一层的潮汐，她的心被温柔地抚摸过，酸楚又温软。半个小时前，她去拿了顾知远的切片检查报告，那份报告拿在手上，她把报告紧紧地捂在胸口上，不敢看。在那一刻，所有的恨与怨都微不足道，只有这个人健康地存在于这个世界上，才是她所求。

当她鼓足勇气战战兢兢地打开检验报告时，"良性"两个字终于让她如小孩儿一般在医院里的走廊上又哭又笑。

顾知远还是进行了一个小手术，恢复后，他带着肖琴去了被称为"山之故乡、水之国度"的瑞士旅行。他们去欣赏日内瓦湖的空灵清澈，参观世界闻名的"奥运之都"——洛桑，在奥林匹克博物馆内的餐厅里，品着咖啡，莱芒湖和阿尔卑斯山的优美景色尽收眼底，又去蒙特勒参观了葡萄园，品尝了葡萄酒……

肖琴天天发朋友圈秀恩爱，顾铮看着父母在如诗如画的风景下相拥着幸福的笑颜，也禁不住嘴角上扬。

因为有过游离在爱人生死之间的经历，肖琴对儿子与苏瑾多了一份理解。她在欧洲之巅——少女峰给顾铮打电话。

"宝贝儿，如果你还想着苏瑾，还放不下她，那你就去追回她吧，这次，妈支持你。这一辈子，遇到一个自己真心想付出的人，也不容易。"

"妈，我的事情您就别操心了……妈，那个，我在洗澡，就不跟您说了。"

顾铮急匆匆地想收线。

"这孩子，中国现在是下午三点，他洗什么澡……"肖琴嘀咕着，顾铮已经挂了电话了。

挂了电话，顾铮抬头看着辽远的天空，脑子里突然闪过那张下巴尖尖、眼神幽深漆黑如深潭的脸，想到此生他再不可能在她的世界里，骤然涌上无尽的酸楚。

4

  有飞行任务时,顾峥都会让自己独处一会儿,让自己的精神更专注,虽然昨晚有些失眠,但顾峥一旦工作时,就会立刻投入工作状态。

  他们今天的这班航机是直飞巴拿马,中间要经停美国休斯敦,一共需要十九个小时,配备了两名飞行员,一人驾驶一半的航程。

  因为飞行时间很长,所以机舱里有些沉闷,空姐林雅彤去送了食物和水后感觉很奇怪。

  "B15的那位男乘客有点儿怪怪的,他不吃不喝,精神显得很紧张,每次我看向他,他就慌乱地看向一边……"林雅彤跟其他同事小声讨论,"他会不会是逃犯?"

  "是你太紧张了!"同事笑她,"看空难片看多了,就说你们别去看这种片子,会有阴影。"

  只是玩笑话,大家也没有在意。

  过了一会儿,有乘客按了呼叫服务,正好是B15的乘客,一位空姐打算去客舱询问。

  "我去吧!"林雅彤说。她打算再去观察下那个男人。

  林雅彤走过去,看到男人竟然紧张得满脸通红,额头还有细密的汗,不由得问:"先生,你不舒服吗?"

  "我晕机,很难受。"

  说着,他站起身,眼看一个踉跄站不稳,林雅彤下意识地抬手去扶,男人却一把勒住她的脖子,另一只手握着一支改造过的钢笔,抵在她的颈项上。这支笔外形和普通的钢笔一样,笔尖却格外突出尖锐。

  客舱一下就乱了,惊呼声引得乘务员纷纷出来,看到面前的景象也是一惊。他们的安检已经很仔细了,但这种改造后的武器却很容易被带上飞机。

  "请你冷静点儿!"空警摊开手往下按按,"有什么需求可以告诉我们。"

  他慌乱又紧张地命令所有人:"让他们都老实地坐好。"

  空警示意乘客们安静,他露出平静的微笑,放松地说:"你先把我们的乘务员放开,有事都可以商量!"

  "别糊弄我!"他的手作势要扎下去,引起一阵惊叫。

  "停!"空警说,"你先说你的要求。"

  林雅彤已经参加过这样的反恐训练,但真正面对时还是有些怕。

  "告诉机长,我要去马里兰州!我要去马里兰州!"他在林雅彤的耳边吼叫。

空警稍稍考虑，而男人就将笔尖扎进了林雅彤的颈项，鲜血从她雪白的颈上流出来，而她紧紧地咬住牙关，没有喊也没有哭。四周乘客已经惊呼慌乱起来，有孩子惊骇地哭起来，身边的家长立刻捂住了他们的眼睛。

空警对男人说："你冷静点儿！你有什么要求可以提出，我们来协商，但请你不要伤害无辜！"他又拿出对讲机，"机长，现在遇到紧急情况，有人劫持了人质，要求转往马里兰州！"

空警说了两遍，但是驾驶室并未回答。

"我要去驾驶室！"男人嚷起来，"我说在哪里停就哪里停！"

此时此刻顾峥已经从对讲机里知道了客舱中发生了劫机事件，并且已经跟地面指挥塔取得了联系，得知这个人在国内涉嫌受贿行贿，这次应该是想要潜逃，但不知为何他会突然想要劫持飞机，大约是猜到在休斯敦已经有警察准备逮捕他，所以孤注一掷地劫机，希望飞机能改变目的地，自己得以逃脱。

目前最重要的是不能让他进入驾驶室，一旦他强占驾驶室，那后果不堪设想。

劫机者挟持着人质向驾驶室移动，空警只能不断后退。

此时地面指挥塔已经有了反馈："为了人质的安全，请尽力安抚对方，必要时可听从对方的要求改变航线，我们会跟美国航空管制取得联系，允许你们到马里兰州降落，并且……"

顾峥打断对方："听从劫机者要求的话，那他岂不是要逃走了？"

"为了乘客和机组成员的安全，顾铮，你不能轻举妄动！"

顾峥沉默了一下回复道："我会对飞机上472名乘客和12名机组人员负责，但我也不能让犯罪分子逃脱。"

"顾峥！你必须服从命令！"

"我是不会被一个劫机者操控的！"说完，顾峥把耳麦放到一边，对副驾说，"我出去看看！"

"指挥塔让我们不要轻举妄动，还是遵循他们的指示吧！"副驾迟疑地说，"机长，不能太冒险了。"

"我会随机应变。"顾峥冷静地说，"与其听从他的安排受制于他，不如主动出击，掌握控制权。"

"他的目的就是逃生，应该只是要求我们改变目的地……"

"那也不能让他逃走！"

"机长！"

"一切后果我来承担。"

"机长！"副驾驶还想劝阻他，但他已经走出驾驶室了。此刻情况危急，他也只能见机行事了。

此刻劫机者一直勒着林雅彤，因为他身高大约一米七，正好可以将自己藏在她身后观察周围的动静，他握着利刃一直对着林雅彤，就连混在乘客中的乘警也无法靠近，他们只能眼睁睁看着他一步步挟制着林雅彤朝驾驶室走去。

顾峥挤到最前面，笑着对劫机者说："我是这架飞机的机长，现在飞机已经飞行了九个小时，必须去休斯敦中转加油。你知道的，如果飞机要突然转变目的地，这需要时间申请，没那么快有结果。"

男人半信半疑地看着他，因为过于紧张，他的手指在微微颤抖。

"再说我们现在的油量也不足以支撑我们飞到马里兰州。"顾峥继续跟他谈判，"所以这架飞机只能按照航线先到休斯敦。"

"你胡说！"男人狂躁地喊起来，"你们已经在休斯敦安排了警察，我还没有走出机场就被抓了！"

"有话好好说！"顾峥尽量心平气和，"你的要求我们会尽量满足，但现在你让这架飞机上所有人都很紧张，我们其实可以好好谈！"

"给我降落伞，我要跳伞！"男人喊起来。

"下面是太平洋，就算你成功逃脱，你觉得你能在海上漂几天？"

"你少废话！"男人听他这样说，更觉得绝望，"我还有老婆孩子呢，我不能死！你必须得给我迫降！就算是在大海上，你也要给我停下来！"

"我是这架飞机的机长，我得对所有的乘客负责！"

顾峥镇定的样子成功地吸引了男人的注意，此刻另一名空警悄悄走到他身后。

"你知道飞机迫降需要的条件吗？"

顾铮故意欲言又止，引得男人下意识地把利刃从林雅彤颈项处拿下，对着他喊："你……"

他一个字还没有说完，身后两个空警已经快速地控制住他的手，将他制伏，成功地解救了林雅彤。随即，机舱里响起了一阵雷鸣般的掌声。

第7回 请你不要再来打扰

5

　　这件事虽然没有引起严重后果,但在给予顾峥是嘉奖还是惩罚的问题上,航空公司的管理层意见不统一。有些人觉得顾峥临危不惧,灵活变通,该表扬,但也有人认为顾峥不服从命令,擅自行动的行为必须严惩。他们觉得不是每一次机长都能处理好这样的危险情况,如果人人都学顾峥,那很可能下次就没有这么幸运了。在争论一番后,大家还是同意顾峥的这种行为不能被宣扬,他被暂时安排停飞,在家等候检查组的审核。

　　从肖姨那里知道顾峥又被停飞,余蓓蓓倒是不觉意外:"他就不会消停几天的。"

　　"他在家有些郁郁寡欢,门也不出,朋友也不见,有你斗嘴还好点儿。"

　　余蓓蓓从家里翻了几瓶上好的红酒出来,她抱着酒去找顾峥:"来来来,一醉解千愁。"

　　顾峥倒也不推辞,两个人在后院繁盛的素馨花下对饮,渐渐地都有些醉了。

　　借着几分醉意,余蓓蓓撒娇般地靠在顾峥的肩膀上:"你说你这样跟她耗着有意思吗?那个男人不仅为她做不了理财师,还为他坐了牢,苏瑾这一辈子都不会跟他分开了。"

　　这些事都是余蓓蓓从莫小晚那里打听来的,对于杨晏然的行为也是佩服不已,之前还总看他不顺眼,现在觉得也挺爷们儿的。

　　"余蓓蓓,你醉了!"顾峥想要推开她,但余蓓蓓抱得更紧了。

　　"反正你们也不可能了,不如将就跟我在一起。"

　　"说什么傻话呢?这对你不公平!"

　　"你也不可能一辈子不结婚吧?而我肯定是在苏瑾之后退而求其次的最好选择。"

　　"不行!"

　　"没什么不行!"余蓓蓓固执地说,"和你在一起我就开心了,就算你心里一直想着苏瑾也没关系……而且顾峥你总这样单着,苏瑾也会内疚呀!你就如她所愿嘛!"

　　顾峥苦涩一笑:"余蓓蓓,我就这么好吗?"

　　"好!"余蓓蓓将他抱得更紧了,"我就想跟你在一起!"

　　这一次,他没有推开她,任由她抱着,脸上也没有太多的表情。

　　余蓓蓓的心其实疼得无法呼吸,或许这一刻,只要不是苏瑾,谁抱住他,对他来说,都一样。

　　虽然心里明白,但她却不忍放弃这一刻拥有的真实感觉。他海洋味的沐浴乳,以及剃须水的味道,融合着淡淡烟草味道,萦绕在她鼻尖,更重要的是,她从来没有这一刻这样清晰地听到过他沉稳有力的心跳。

余蓓蓓仰起脸问:"顾峥,我是谁?"

顾铮认真地看着她的眼睛,她清冽的眼睛里渐渐覆盖上了一层碎碎的薄冰。

"你是余蓓蓓。"顾铮轻轻抬头手抚摸上余蓓蓓的脸。

"那么,顾铮,我们在一起吧。"余蓓蓓的泪涌了出来,脸上却绽放出一个璀璨的笑容。

"好,我们在一起。"顾铮拥抱她,在她耳边低低地说。

这句话,他是对她说的,也是对自己说的。他觉得自己是一叶孤舟,终于有一个宁静的港湾,他不想再挣扎,不想再跟风浪搏击。就这样吧,他曾经倾尽全力守护的人,已经不再需要他的停留。也许这也是苏瑾一直希望的,他能有自己的幸福,不会再打扰她的生活。他终于筋疲力尽,打算停靠了。

那就这样吧。

第7章 请你不要再来打扰

Zhijian Hualiang Yi Cheng Shang III

第 8 章
风波乍起

夜深人静时,顾峥拨通了苏瑾的电话,但她一直没有接。

以前她不接电话他便作罢,但这一次他执拗地打,第三次的时候苏瑾终于接了起来。

"顾铮,有事吗?"她的声音听起来那么遥远又缥缈。

"我答应余蓓蓓了。"他的嗓子干涩无比。

苏瑾一直没说话,他却能听到她的呼吸声,令他心潮澎湃。

过了好一会儿,她终于说:"余蓓蓓是个好女孩,对她好点儿。"

"你明明知道……"

所有的话语如鲠在喉,他已经不再是那个莽撞的少年,喜欢一个人就直截了当地说出来,现在的他把这份感情隐忍在心里,是因为不想她为难。

又是长久的沉默,长到顾铮都开始怀疑苏瑾是否还在电话那边时,听到了电话的忙音。

在这一刻,顾铮的心都碎了,他抱起那盆素馨,放到了垃圾桶里,然后冲进洗手间,几乎是恶狠狠地用冷水冲刷自己的脸。等他从洗手间里走出来时,低头看到了垃圾桶里素馨素白的花朵,那样淡雅,细弱却自带一种生命的繁盛。

顾铮叹口气,又重新把素馨搬到了书桌上。

他的手如同之前无数次那样,轻轻地抚摸过素馨的花与叶,只是,这一次,他知道跟之前都不同了。那些年少的执拗,那些铭心刻骨的过往,一丝一缕,一点一滴,都镌刻在心里,不能触摸,也无法遗忘。

此生,他注定要带着关于一个人的记忆走过漫长一生,因为再无她分享,所有良辰美景,都变成了虚妄。

顾铮闭上眼睛睡着了,却梦到了十六岁的苏瑾,眼眸清亮而沉默,冲着他轻轻一笑,转身消失,他在迷雾中追赶……醒来时,心脏剧烈跳动,全身是冷汗,像从水里捞出来一样,而浑身如同火在烧,他再一次昏沉沉地睡了过去。

余蓓蓓在厨房里捣腾了半天,终于烤好了一个蛋糕,父母轮番到厨房里来,见她欢喜的样子,不由得笑了:"蓓蓓,今天也不是爸爸妈妈生日,你做蛋糕给谁呀?"

"还用问吗?"余蓓蓓认真地给蛋糕裱花,头也不抬地回答,"给顾峥呀!"

母亲嗔怪道:"蓓蓓,你是女孩子,矜持一点儿!"

"真是女大不中留！"父亲哈哈大笑起来，"爸爸可是要吃醋的！"

"爸，妈，你们别捣乱了！"余蓓蓓专注地在蛋糕上写了一个"1"，然后仔细打量，觉得不满意，又抹掉重写。

父母都看得出来她最近心情爆好。

她真的快要开心得上天了，胸腔里满满的欢喜，想要拿个大喇叭宣布：我现在可是顾峥的女朋友了哦！这么多年过去，她终于守得云开见月明了。

今天是她和顾峥交往的第一天，她决定要做个蛋糕庆祝这个纪念日，她还有很多很多的计划愿望，要跟顾峥去看电影、打电玩、散步、海边旅行……就像所有的情侣一样，他们会有很多浪漫又温馨的时刻。

以前每每看到别的情侣做些小事她都觉得很羡慕，她有时候想，如果跟顾峥一起吃饭，他能娇宠地替她擦掉嘴角的食物，那会是多幸福的一件事呀。

现在这一切都可以实现了！她昨天晚上回来以后整晚都睡不着，激动得在家里走来走去，然后列了计划表，准备在顾峥停飞的这段时间好好跟他培养感情。

当她把她的蛋糕和一百项计划表放到顾峥面前时，顾峥忍俊不禁地笑了。

"第一个愿望，先庆祝我们交往第一天，把蛋糕吃了吧……"余蓓蓓甜笑着望着他。

"看起来不错！"

"当然！我爸妈的生日蛋糕都是我做呢！"

"那我尝尝！"

"不许说不好吃！"

"可是真的很好吃呢！"

"有没有奖励？"

"什么？"

"亲一口我吧！"

顾峥一怔。

余蓓蓓瞪他一眼："有吓成这样吗？"

"蓓蓓——"

"算了算了，不勉强你了！反正我们有的是时间培养感情！"余蓓蓓笑着说，"那你答应陪我去旅行吧！"

"你想去哪里？"

"赫尔格达！"余蓓蓓欢喜地说，"从你上次到赫尔格达来找我，我就觉得你对我

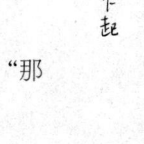

是有感情的！我还想去那里，你陪我好吗？"

顾峥迟疑一下，看着她期盼紧张的眼神，点点头："好！"

余蓓蓓激动地扑上去，一把抱住了顾峥："我是在做梦吗？"

顾峥苦笑着揉了揉她的头道："不，这是真的！"

她太幸福了！感觉自己沉溺在糖罐子里，每一分每一秒都甜腻了。

2

小黎递交上来的三份合同，在仔细看过以后她发现了漏洞，原本想找小黎了解情况，同事却说他不在公司。

她皱了皱眉，问助理："他今天请假的理由？"

助理查询过后回答："说是去见客户了。"

助理迟疑一下，又说："苏总，有些话不知该不该讲。"

"但说无妨。"

"同事们私下说黎凯最近出手阔绰，他最近还买了房换了车……"

苏瑾一怔。小黎做她的助理时，她了解过他的家境，并不好，念大学还是通过助学贷款才能完成，这才工作两年，凭他的工资也很难一下买房买车。

再想想之前公司出的案子，她不得不谨慎起来。

她在第二日让小黎把他最近的投资项目拿给她看。

小黎明显有些不安，紧张地说："苏总，是我做错什么事了吗？"

"你别担心，因为你这边有几个客户亏损比较严重，我们来分析一下，是平仓还是补仓。"

小黎过了片刻终于把客户资料交过来，苏瑾越看眉头拧得越紧，他让几位重要客户购买了几个名不见经传的公司股票。这种情况，要么是小黎根本没分析数据，胡乱买来忽悠客户；另外一种可能更可怕，那就是小黎通过其他方式，获得了一些内幕消息，在这些企业追加投资，或者上市前替客户购入股票，等待这些企业的股票大涨，再抛出股票，就能大赚一笔。

她指着其中几个股票问："小黎，能解释一下吗？"

"苏总，做大事者，不拘小节，您只要明白我是在为公司挣钱就行了。"小黎涨红了脸说。

"小黎，我不知道你的这些消息都是从哪里来的，但替客户暗箱操作股票是违法的，这点想必你是知道的？"

"我所有的流程都是合法合规的。"

"我现在说的不是流程。那么，麻烦你提供一下你购买这些企业股票的分析数据。"

"苏总，做人不能太死板。再说，我这些信息绝对可靠，是雷少的那帮朋友提供的，我好不容易才通过雷子的司机，跟他们搭上线。这帮人随便放一点点消息，咱们都

受益无穷。"小黎振振有词。

"我们不做违法的事,这也是公司的原则。"苏瑾正色地说。

"苏总,您看看……"

苏瑾打断他,严厉地说:"小黎,你的价值观与公司相悖太多,我建议你还是自动离职吧。"

"就因为这个?你知道不知道,外面有多少公司在挖我?"

"小黎,道不同,不相为谋。每个人做事都有自己的原则,而我不希望在资本运作时违背了初心。"

小黎静静地望着她,他当然了解苏瑾的为人。在做她的助理时就已经感受到她的务实求真,但现在投资人那么多,而他根本就算不上优秀,起初中规中距地做分析,业务做得非常差,他在知道了暗箱操作的方法时,豁然开朗。

资本市场就是有钱人的游戏,他只有更遵守他们的规则,才能获得想要的暴利。

可是,对苏瑾他又是格外佩服,即使她现在开除了他,他也觉得那就是她的行事风格。

"苏总,其实有件事情,我一直想告诉你。"

苏瑾沉默地望着他。

"是关于杨总的,其实他的手早就康复痊愈了,这么长的时间,一直在您面前演戏。"

"我知道了。"苏瑾淡然地点点头,低头开始看文件。

"您早知道?"小黎觉得不可思议,"难道您没想过揭穿他?"

"这是我跟他之间的事情,小黎。"

一直低头装作看文件的苏瑾在小黎的脚步声远去后,才缓缓抬起头,眼睛盯着某处,眼神却是迷茫涣散的。

杨晏然的手在半年前就康复了。那天,她带来早餐给他,他正在洗手间里洗漱,突然苏瑾的电话响了。

"是杨晏然杨先生吗?下周三上午将对您的手进行最后一次的康复治疗,您看您的时间方便吗?"

"抱歉,你打错电话了。"苏瑾不动声色地挂了电话。

过了一分钟,杨晏然的电话响了起来。

"周三上午?好,没问题。"杨晏然回答。

"杨总约我周三上午去跟他再研究一下合同细节。"杨晏然笑着对苏瑾说。

苏瑾点点头，垂下了眼睛。

她跟杨晏然当时在康复中心留下了他们两个人的手机号，想必是没有联系上他，就给她的手机打了电话，让她知道了杨晏然一直在她面前演戏的事实。

苏瑾内心里并没有多少愤怒的情绪，更多的是尴尬与无奈，她甚至有点儿害怕若是杨晏然知道自己洞悉了他的秘密，他会怎么面对自己。

对他，她心里是愧疚的，只有她心里明白，她永远不能像对顾铮那样，把生命里最柔软最馥郁芬芳的部分留给他。从五岁失去父亲开始，她就明白自己并不是命运的宠儿，但在熙熙攘攘的尘世里，总可以容下他们平淡但长久的时光。

顾铮，就放在自己心里吧，苏瑾对自己说。她从来没给最亲的人带来幸运，也并不觉得自己能给顾铮带来幸福，有与他白首一生的福气。

第8章 风波乍起

晚上八点,苏瑾才完成了一个重要的客户的一份投资方案,她发到客户邮箱,给客户留言后,深吸一口气,然后走到茶水间,给自己煮一杯咖啡。

今天的工作很繁重,她得熬夜了。

咖啡刚煮好,她端着珐琅骨瓷咖啡杯走过去蓄水时,突然电话响了。在寂静的办公室里,电话铃声骤然响起,吓了苏瑾一跳,滚烫的咖啡就直接淋到她手上,她的手立刻通红一片。

苏瑾吸着气接起了电话,传来邻居何阿姨的声音。

"苏小姐,我刚又去你家摁过门铃,你弟弟不在家。"

苏瑾的心骤然一紧,下意识地问:"怎么还没有回家?"

放学时她给梁宏打电话,说要加班,让他回家可以在小区门口的餐厅吃饭或者在家里煮点儿东西,她迟疑了一下又说:"你爸说很久没有见到你,他给你打电话也不接,要不你回去看看他?"

"在他心里,最重要的是那个坏女人!"梁宏气咻咻地说,"就让他照顾她吧,反正我也不需要他照顾!"

苏瑾叹口气:"其实叔叔很爱你,也许他有他的苦衷。"

因为李凤华的事,她和叔叔本来亲近些的关系又变得疏远了,而他也鲜少打电话给她,偶尔打来只是问问梁宏的情况,末了,长叹一口气道:"宏儿大了,有你照顾我也放心。"他也提及李凤华,在经历了切除手术和一轮化疗后,她的病暂时控制住了,只是免疫系统变得很差,经常发烧,所以要仔细护理。

苏瑾冷冷听来,并不同情。

可怜之人必有可恨之处,叔叔的懦弱注定让他被李凤华压得死死的。

只是在梁宏回家后,苏瑾却联系不上他了,想着是不是去同学家玩没带手机又或者手机没电,所以她也没有在意,直到七点还是联系不上,她就让隔壁邻居何阿姨去敲门,但何阿姨去了几次了,家里始终没有人。

苏瑾有些担心了,这种事之前从未发生。

梁宏每次去那里都会跟她打招呼,并且都会在八点前回家,但现在都这么晚了,电话也联系不上,难道他回家了?

苏瑾给叔叔打电话,叔叔听说梁宏还没有回家,倒是不急,觉得他肯定是贪玩去了,说不定去游戏厅打电玩去了。

苏瑾觉得梁宏不会，他是一个懂事、有分寸的孩子。

"我先回家看看。"

苏瑾赶回家，但弟弟还是没有回来，她给他熟悉的同学打电话，谁也不知道他去了哪里。

此时已经是夜里十点，她已经快急疯了，叔叔这也才紧张起来。

苏瑾跟梁树民分头出门找。她开着车慢慢地行驶在街道上，希望看到梁宏熟悉的身影。她仔细回忆，她没有跟弟弟拌嘴争执，他一定不会离家出走！那是自己去哪里玩遇到了麻烦吗？

苏瑾在家里留了纸条，让他回家看到就跟他联系，但一直没有他的消息，她只能打电话给小晚求助。

莫小晚开着车找到苏瑾时，她眼睛红肿，嘴唇苍白，看上去疲惫极了。

"苏瑾，先别慌，他又不是小孩子，都十多岁的少年了，就是贪玩忘记回家时间了。"

莫小晚揽了揽她，小心翼翼地说："要不给顾铮打个电话？"

苏瑾一怔，思忖了下，轻轻地摇头。

"好，我们来想办法。"

天蒙蒙亮的时候，苏瑾和叔叔碰面，他们找了一晚上一无所获，决定去报警。

叔叔的手机铃声响了，等他接起来，手机里传来李凤华尖厉的声音："梁树民，一晚上都不回家，你死哪儿去了？你是不管我了吗？你这个没良心的……"

"梁宏不见了。"叔叔压低嗓音，"我得去找他。"

没有等李凤华再说什么，叔叔坚定地挂了电话。但是随后手机又响了，他默默地挂断，再响，再挂断，如此反复。

终于那边的人放弃了，叔叔的电话没有再响。

莫小晚说："对了，有个地方你们还没有想到。"

"哪里？"

另外两人不由得望向她。

"要不去……"莫小晚深深地望了苏瑾一眼，"阿姨的墓地看看，是不是小宏想妈妈了？"

苏瑾点点头，觉得她说得有道理。

"好，那快去吧。"叔叔着急地说，"找到他一定要狠狠说说他，怎么可以这么不懂事，让大家为他担心！这孩子越来越不听我的，也跟我不亲了……"

正说着，叔叔的手机再次响了，他无可奈何地准备挂断，没想到看一眼手机屏幕上的号码愣了下，那是一个陌生的号码，但谁会在这个点打电话给他？

他接起来，立刻听到梁宏在那边的哭喊："爸爸，姐姐，快来救我！"

叔叔惊惧的眼神让苏瑾明白了什么，她立刻从叔叔手里拿过手机，摁了免提。

"小宏？"苏瑾颤声问。

"姐！"梁宏带着哭腔的声音传来，苏瑾的心快要跃出胸腔。

"你在哪里？"

"你就是苏瑾？"一个陌生男人的声音传来。

"对，我是。"苏瑾强迫自己镇定下来，"你是谁？你把我弟弟怎么了？"

"我们只求财！中午十二点之前，你准备好两百万来赎人，不然的话，恐怕你就见不到你弟弟了。"

"两百万！我家里就两个病人，哪里来那么多钱？"一旁的叔叔哀求道，"你们放了我儿子吧，我实在没有钱给你！"

"呵呵，你不是有个能干的女儿吗？问她要啊。"

"她也没有啊。"

"要钱还是要你儿子的命，你自己考虑清楚！"

"求你们了！"叔叔说，"别吓着孩子了！"

"怎么交易？"苏瑾问。

"爽快！"对方得意地笑了，"准备现金，到时候我会再打电话给你们。"

"好。"苏瑾说，"你们要保证我弟弟不能受到任何伤害，否则追到天涯海角我也要把你们揪出来！"

"放心，我们只要钱！"男人停顿一下，恶狠狠地说，"你别想着报警，如果我知道你报警了，你弟弟死得更快。想清楚了，我要钱，不要命，别逼我，听话点儿。"

说完，对方挂了电话。

"喂，喂，宏儿……"叔叔无助地喊，突然间嘤嘤地哭起来。

苏瑾向刚才那个电话号码回拨过去，对方却已经关机了。

"小瑾，他们要两百万。"叔叔眼巴巴地哀求着苏瑾，"救救他！我给你做牛做马！"

"叔叔，我一定会救回小宏！"

苏瑾思忖着，莫小晚把她拉到一边："这种事你可得处理好了，如果有闪失，叔叔恐怕会怪你一辈子，你还是听他的……"

"你觉得这种时候他能做决定吗？"苏瑾无可奈何。

她考虑一番还是决定报警。

"他们知道了会撕票的！"叔叔急得喊出了声。

"叔叔，那些人很贪心的！"莫小晚说，"他们轻易地拿到了两百万也许胃口就会变得更大，想要更多！而且万一他们拿到钱了就撕票呢？"

"不……不能报警，报警了宏儿就回不来了，是我没用，是我没用……小瑾，小瑾，算我求求你，你救救你弟弟，救救他……"梁树民已经有些语无伦次。

"叔叔，小瑾就算把钱给了，他们不放人呢？"莫小晚对着梁树民说。

"小瑾，她是你的亲弟弟！小瑾，你一定要救他，我给你下跪，求求你……"梁树民突然对着苏瑾跪了下去，号啕大哭，"我就这一个儿子了！"

"叔叔，您别这样，快起来！"苏瑾赶紧扶起他，认真地说，"小宏是我弟弟，平日里我对他怎样您也看在眼里！在我心里，他就是我唯一的亲人了！"

梁树民点点头。

"我不会害他。"苏瑾说，"两百万赎金我拿得出，但这样也不一定能救回他来呀。"

"不行！"叔叔突然变得很执拗，"不能报警！我只知道报警了就完全没有希望了！"

"叔叔！"莫小晚劝说，"您就听苏瑾的吧，这种事只有警察可以处理！"

"小宏如果有个三长两短，我……我也不活了。在你眼里，钱比你弟弟的命还重要，对吧？"

"叔叔，不是这样的……"

"你从小就是这副样子，像条焐不热的蛇，你还记得梁炜吗？自从你们母女进门，我们家就家宅不宁……"梁树民开始口不择言。

"叔叔！"莫小晚喊出声。

苏瑾眼睛里盈满泪水，嘴唇哆嗦着，一句话也说不出来，只觉得人生悲凉而无望。那些人生里最惨淡沉痛的记忆，重新席卷而来，她沉溺其中，如同一枚漂浮的落叶，随波逐流，没有彼岸，只有痛楚。

即使叔叔特别反对，但苏瑾还是报警了，随后她和几个便衣警察一起到她家，对梁树民的电话做了处理，查找了之前打过来的电话号码源，又调出监控看梁宏放学这段路上的行踪。

梁树民虽然怨恨苏瑾,但也无可奈何,他就缩在角落里,握着手机不肯说话。

等手机铃声再次响起时,梁树民惊跳起来,警察一边示意等铃声多响几声,一边开启了设备。

"钱准备得如何了?"对方问。

"两百万太多了,银行提取那么多现金必须提前预约,目前一时筹不够,可以先付一部分吗?"梁树民按照警察吩咐应付绑匪。

"少废话!你是想你儿子少条腿,还是少只手?那个苏瑾不是开公司吗?她会想到办法的!"绑匪恶狠狠地说。

"我儿子呢!让我听听他的声音!"

对方犹豫一下说:"等会儿。"

片刻后他听到梁宏喊爸爸的声音。

"儿子,爸爸会救你的!"梁树民老泪纵横,握手机的手颤得厉害。

"爸爸,我好饿,好想吃鱼粥,就是顾铮哥给我买的鲫鱼粥。"

"别废话了!"绑匪打断梁宏,又对梁树民说,"再给你们几个小时准备钱,晚点儿我会再打电话!如果还没有准备好,那就等着收尸吧!"

绑匪不由分说地挂断了电话。

就在警察分析他们的谈话内容时,梁树民却皱起眉头,陷入了思考中,警察叫了他几次,他都没有反应。

"叔叔,叔叔?"苏瑾叫他。

"唉,"他回过神,"有点儿不对劲,我总感觉这个声音很熟悉,我好像哪里听过,但又一时想不起。"

"他这句话应该是有含义的。"警察分析说,"不如问一下他提到的顾铮哥,鲫鱼粥在哪里买的。"

苏瑾立刻给顾铮打电话,顾铮听完心里猛一惊,他努力让自己平静下来,仔细回忆。

原来不久前,顾铮带着梁宏去看一个被当地人称为"海"的内陆湖,回来的时候,梁宏饿了,看到路边的麦当劳,梁宏想吃,顾铮说,带你去一个好地方。

他们租了一条渔船,在上面喝到了让他们永生难忘的鲜美鱼粥,后来,船家的妻子还顺手烤了几条鱼给梁宏,梁宏吃得直拍肚皮。

在得到顾铮提供的地址后,有一个警察立刻把投影换成了城市地图,标出了他听到的那个位置。

就在这时，梁树民的电话又响了，这次是李凤华打来的。

"梁树民，你还不回家，把我一个人扔家里，想我死吗？"

"小宏没找到，有人绑架了他……"

"绑架他？"

"也对，你女儿有钱。对了，你报警了没有？"

警察冲着梁树民猛挥手，梁树民点头示意，自己明白。

"报警？他们要的是钱，我要是报警，他们要的是梁宏的命。"

警察示意他挂断电话。

"我不跟你说了。"

挂了电话，梁树民突然"呀"了一声："我想起来了，这个声音是谁。"

大家都惊讶地看着他。

"是李凤华的一个远房侄子，来看过她一次，还在家里吃过饭。"

警察们一听立即严阵以待："你确定？"

"不太确定。"

"不管怎样，这是一条很重要的线索。"警察说，"这次绑架很可能是熟人作案。据我们了解，李凤华和你们姐弟关系特别恶劣，所以目前不排除她的嫌疑。"

"可她只是一个癌症病人！"

"我们警方已经在监控李凤华了，并且根据电话声音的分析，口音跟李凤华很像，所以她的嫌疑很大。"

警察立刻部署，让苏瑾先准备赎金，再将装了定位系统的钱箱交给梁树民，让他再接到绑匪电话时答应他们的要求，按照绑匪的要求放好"现金"。

另外一队人根据顾峥提供的地址开始在周边进行秘密排查。

在梁树民和绑匪交易的同时，警察就已经锁定了梁宏被关押的位置，他们在二十四个小时内迅速地将梁宏救了出来。据警察说，梁宏被关在李铁的出租屋里，而他正是李凤华的侄子。

当苏瑾在医院里看到梁宏时，她泪流满面地抱住了他。

刚刚的二十多个小时里，没人知道她内心经历了一场地狱式的煎熬，而且，梁树民每看她一眼，煎熬就多一分。所幸弟弟平安归来了。

医生对梁宏做检查后初步确定没有大碍，只是一些皮外擦伤，但他受了惊吓，噩梦连连。苏瑾一直握着他的手，希望能够给他力量。

警察在抓住绑匪后，李铁对自己的罪行供认不讳，并供出了李凤华。

得知李凤华生病了，他提了水果去探望，其实目的是想向这个城里的远方亲戚借点儿钱来用。

他在建筑工地打工，平时没别的爱好，就是喜欢打打牌。上个星期，他手气实在太臭，短短几天时间，不仅输掉了刚领的工资，还跟工友们借了不少。旧债未了，新债又添，工友们也大都上有老下有小，看他老不还钱，就开始催。催了几次，他也烦了，就想着到李凤华这里来借点儿钱。

李凤华一眼就看出了他的来意，还没等他开口就拒绝了他。

"你看我这情形，钱都是梁炜他爸拿着，我哪儿有钱？"李凤华自然知道这个侄子的品行，所以神秘兮兮地说，"我倒有条发财的路子，只怕你不敢。"

"婶，我都这样了，还有什么不敢的？只要不杀人放火，我都敢干。"

"好，"李凤华说，"你去把梁宏绑了，然后问老梁要两百万，我不要，都给你！"

他吓了一跳，用看疯子的眼神看李凤华。

"可叔叔哪里来两百万？"他哆哆嗦嗦地问。

"他没有，可他有个好继女啊。她现在可风光了，二百万对她来说小意思。"

"婶，还是算了吧，绑架是犯法的。"

"我就知道你没胆子，算了，你还是穷着吧。"李凤华讽刺地说。

恶向胆边生，他终于还是不能抵御那两百万的诱惑，决定绑架梁宏。但是他好奇为啥李凤华一分钱也不要，李凤华说她一个得了绝症的人拿了钱来有什么用，只是临死之前想要报复苏瑾和梁宏。

当警察去抓捕李凤华的时候，她盯着苏瑾，怨毒的眼神像蛇芯子一样缠住她。

"苏瑾，我小看了你，你真够狠心啊。你还真的舍得那个小兔崽子去死？你害死了我儿子不够，这个也不放过？"

梁树民悲愤地问："你为什么要这样？你还要我怎么样？"

"呸，你看看我们住的、吃的，再看看你人模狗样的女儿，你就是一个窝囊废。对了，你不是说她对你好吗？你看，你儿子出事了，她根本不愿掏钱。她是那个女人的女儿，面冷心冷，永远是焐不热的！你以为她真拿你当爸，把你儿子当弟弟？醒醒吧，窝囊废！"

"啪"的一声，一个响亮的耳光打在李凤华脸上，梁树民对这个女人，是彻底寒心了。

5

一波未平，一波又起。

几天后，梁树民下班回家，骑着电瓶车，因为神色恍惚竟然撞了个男人，看到对方倒地呻吟时，他竟然害怕起来，开着电瓶车就跑了。

路边的监控记录下了一切，他很快被警察找到，并且因为肇事逃逸被警察带走。

苏瑾去医院探望了伤者，诚恳地道歉，缴纳了所有的费用后，留下一笔钱给伤者的妻子。

被梁树民撞伤的是一个进城务工的水电工，当苏瑾说明情况后，体谅他一个单身父亲的不容易，决定不上诉，跟苏瑾达成了谅解。

当苏瑾缴纳了罚金跟伤者的赔偿金后，梁树民被警察释放。

虽然这些事都是苏瑾在处理，但梁树民却对她很冷淡。

他觉得如果不是苏瑾能挣到钱，又是买房子又是把梁宏送到学费贵得吓人的重点学校，李凤华也不会想到要绑架梁宏，梁宏也不会受伤，更不会受到那么严重的惊吓——将近一个月的时间，梁宏总会从噩梦中大汗淋漓地醒来。

在警察带走了李凤华后，梁树民在梁宏学校附近租了房子，他打算和梁宏住在一起，好好照顾儿子。

在他的要求下，梁宏搬出了苏瑾家。

只是父亲和姐姐之间的隔阂让梁宏心情不好，有天放学后他去了顾峥家。

怕苏瑾担心，顾峥给她打了电话，她又给叔叔打了电话。

很快苏瑾到了顾峥家。一路上，苏瑾想到可能要跟肖阿姨碰面就有些紧张，但到了顾峥家门口，他开了门，苏瑾进屋却发现家里一片寂静。

"我爸妈去乡下看奶奶了。"顾峥解释道。

苏瑾轻轻地松口气，跟着顾峥上楼去看梁宏。

这还是当年那家旧书店，木质的楼梯，开满花的后院……她的心被回忆浸染，有悲伤涌上心头。

梁宏躺在顾峥的床上，已经入睡，只是睡得并不踏实，眉头微微蹙着。

苏瑾轻轻为梁宏掖掖被子。

床头灯橘色的灯光下，苏瑾脸温柔如水。

顾峥凝视着苏瑾，想要伸手抱抱她，却拼命压抑了这个念头，别转面孔。

"顾峥，谢谢你。"苏瑾轻声说。

苏瑾的感谢，将他刚才升起的绮丽的遐想以及心里泛滥的柔情，霎时间冲得干干净净。

"别客气，我一直也把小宏当弟弟。"顾铮垂下眼，将手放到了裤兜里。

看着熟睡的梁宏，苏瑾有些纠结。她是该把弟弟带回家，一直打扰、麻烦顾铮也不是办法，但一看到梁宏的样子，又有点儿不忍心。

"时间不早了，我家有客房，不如今晚就住在这里吧……"顾铮说。

"公司还有点儿事情需要处理。"

"那明天早上我送小宏回去。"顾铮不容置疑地说。

两个人又陷入了沉默，彼此都悲伤地知道，他们距离十七岁那个沉默的少女，以及看起来肆意张扬，其实内心羞涩的少年，已经太远了，远得只能在记忆里触摸那个令自己心动的身影。

"我走了。"苏瑾说。

"送你？"顾铮站起身。

"不用了。"

顾铮坚持送她到门口，两个人欲言又止，他突然间抬起手来一把揽她入怀，他在她耳边低声说："别让自己太累了。"

下一秒他已经松开了她，冲她轻松一笑，挥挥手。

看着苏瑾的背影，顾铮心里深重地、无奈地叹息了一声。

顾铮没有察觉到，在他望着苏瑾的背影时，在街对面还站着余蓓蓓。

余蓓蓓买了电影票准备跟他一起看，她给他打电话的时候知道梁宏去找他了。

她见过梁宏，知道顾铮跟他感情很好，也知道他是苏瑾的弟弟，所以苏瑾应该会来找他。

余蓓蓓就一直在这里等，看着苏瑾出来时顾铮深情的目光，她的心都碎了。

这段时间是她一生里最幸福的时刻了，每天入睡前她都在想顾铮，醒来的时候她也会想起他。顾铮和她一起看电影、一起去打电玩、一起吃饭……

她知道，很多时候他都是在配合她、迎合她，但只要他们在一起，她就顾不得想其他的，只觉得快乐。

只是原本说好的旅行一直没能成行，本来定好了时间，但他去帮苏瑾处理梁宏被绑架的事情，她只能默默地把机票退掉了。她知道顾铮的性子，对朋友一直是重情重义，也知道苏瑾在他心里的重要性。虽然她心里不舒服，但还是没有去阻止顾铮，她不想看他为难的样子。

　　余蓓蓓看了看手里的电影票,擦干眼泪,故作轻松地笑笑。

　　她对自己说:蓓蓓,你要加油哦!迟早一天你会占据他的心呢!

　　她等了一会儿,等心绪都平静下来,才重新走到街对面去敲门,等面对顾峥的时候,她给他的依然是一个灿烂的笑容。

第8章 风波乍起

Zhijian Hualiang Yi Cheng Shang III

第 9 章
坠入茫茫深渊

处理了一上午合同跟文件,苏瑾的头有些疼。她站起身,一看时间已经快中午一点了。

她让助理给她叫了一份外卖,边吃边听最近的财经新闻。

助理给她推荐了一款APP(手机应用软件),帮她筛选、订阅了一些比较好的财经专栏。苏瑾最喜欢其中一个对最新财经新闻与现象解读的节目,倒不是内容多好,而是栏目的主播很幽默,堪称段子手。

苏瑾听到好笑的地方,忍不住就笑了起来。对于每天都在开会、见客户、谈判、签合同的她来说,这是她难得的放松时间。

手机响了起来,是陈白,接起来劈头盖脸地嚷嚷:"好消息!有个好消息!"

苏瑾内心骤然一紧!

"龚凡在境外被逮捕,引渡回国后已经全交代了,他私募资金纯属个人行为。"

苏瑾悲喜交加,潸然泪下。

这件事总算是水落石出了。

这些日子她的心情一直格外沉重,只要一想到杨晏然在狱里的生活她就寝食难安。她苦苦撑着公司,一个人要处理太多事务,特别是在出了龚凡和小黎的事后,更觉得管理上来不得半点儿疏漏。前期公司太注重业务量,想要尽快打响名气,在业界崭露头角,可在盲目扩张的时候就给了这些别有用心的人一个机会,他们借着公司这个平台,做了违法的事。

"那晏然什么时候能回来?"苏瑾颤声问。

"我现在过去处理这件事,应该很快就可以了,刚接到警察局的电话就第一时间通知你了。"

"谢谢你,陈白。"

"你的事就是我的事,即使我跟小晚变成了陌生人,但跟你永远是朋友。"

苏瑾心里叹口气,感情的事旁人劝说又怎么能听?就算她觉得陈白很好,但小晚却觉得他们之间不合适。

苏瑾起身走到窗前,抱着手臂陷入沉思。

这层写字楼是杨晏然租的,选址上他下了一番功夫,写字楼闹中取静,楼下有大片的绿植,在寸土寸金的市中心,堪称奢侈。苏瑾的办公室,也是他挑选的,有270度的全玻璃落地窗,阳光正好透过玻璃窗照进来,让人产生出微醺的倦怠。窗下是一派生机盎然的车水马龙，再放眼看过去，繁华市景一览无余，苏瑾心里突然有一种看万丈红尘的喟叹。

苏瑾接通了助手的内线，告诉她，杨总过几天就会回来，请保洁公司收拾一下他的办公桌，还有在写字楼上的公寓。

一大早，苏瑾就开车等在了监狱外。刚到八点，就听到监狱门"吱吱嘎嘎"的声音，杨晏然从里面缓缓走了出来。他清瘦了不少，看到苏瑾，一双眼睛却熠熠生辉，他快走几步，抬手紧紧地抱住苏瑾，好一会儿都不愿意松开。

两个人有着劫后余生的欢喜。

"晏然，让你受苦了！"

"公司是我们俩的，若不是因为我的手续问题，公司法人原本应该是我。"杨晏然缓缓地说，"何况回国创业是我执意而为。倒是你，一个人撑着公司辛苦了。"

苏瑾摇摇头，早已经泪流满面。

莫小晚拍了拍杨晏然的肩膀："这件事你很够爷们儿。"

一旁的陈白赶紧说："若是换作我，也会做同样的选择。"

莫小晚扫了他一眼，没再跟他针锋相对。这还是两人分手后第一次碰面，她知道杨晏然今天回来，就说要陪着苏瑾来接他。

对她来说，谁对苏瑾好，那她就认定了也是她的朋友。而这件事上，陈白出了很大力，她对他也就没那么抵触了。

"小晚。"走在她身后的陈白突然说，"不要生气了，以后我都听你的，好不好？"

莫小晚一怔，幽幽地说："陈白，你不明白吗？我们之间不是因为你为钱放弃原则，最大的问题是我们三观不和，真的很难再继续相处。"

说完，莫小晚就转身离开了，徒留陈白在原地一脸痛苦。

莫小晚订了一个环境雅致的饭庄。这里远离市区，树木成荫，空气清新怡人，庭院中还引入了一弯溪流，在小桥假山之间潺潺流动，叮咚有声。

苏瑾也觉得好。

莫小晚促狭地说："你除了知道你的股票金融，还知道什么？"

苏瑾苦涩一笑，仔细想想，好像除了工作、客户，关注财经新闻，她的生活真的很是无趣。

第9章 坠入茫茫深渊

"得，得，你们现在是社会精英，这种吃喝玩乐的'腐败'就交给我了。"

杨晏然也笑了："有个狱友在监狱厨房里干活，以前是酒店大厨，川菜、湘菜都做得很好。后来，我跟他交上了朋友，他教了不少做菜的技巧。"

他望向苏瑾，深情款款地说："以后做饭的事交给我。"

苏瑾无声地笑笑，她想不到西装革履、气宇轩扬的杨晏然带着围裙做饭的感觉，更想不到自己步入婚姻会是怎样的模样。她早就习惯了一个人的生活。

见苏瑾没有回答，杨晏然贴面耳语："我说的是真的。"

他的气息喷在苏瑾的耳边，温热的气息如同一条无形的绳索捆绑住了她，令她身体一滞。这时，她的手机铃声响了，是助手打来的。苏瑾松了一口气，连忙低头从包里掏手机，很自然地走到一边接电话了。

苏瑾没有看到的地方，在她身后，杨晏然看着她背影的眼神深不可测，当他揽着苏瑾的肩膀时，她骤然僵直的身体清晰地反应了她对他的抗拒。人的嘴巴，甚至神态都可以说谎，但身体往往最诚实。

原来这么长的时间里，她还是没有爱上自己。

杨晏然心里涌上了浓烈的苦涩与无奈。

突然，包房电视里插播一则新闻："受天气影响，航空公司航班普遍延误，其中K3411国际航班由于机场暴雪无法降落，现在正联系有关方面寻求最佳处理方案。有出行计划的旅客……"

苏瑾不由得停下来转身去看，脸色苍白得惊人，那正是顾铮驾驶的航班。

莫小晚也注意到她的异样，轻轻叫她："苏瑾？"

苏瑾缓缓地转换过脸面对她，一贯清透冷静的眼睛里竟然全是惊惧与迷茫，好像无助的孩子。

她下意识地问："飞机无法降落最糟糕的情况是什么？"

陈白明白过来，但碍于杨晏然在，他只能简单陈诉："返航，或者选择就近城市降落，只要不穿越云层，不遭遇风暴，就不会有太大危险。"

莫小晚拉了拉苏瑾："苏瑾，你跟我来。"

她不解，但还跟着莫小晚走出包房。

"顾铮在上个月就被停飞了。"

"停飞？"

"对。有个乘客试图挟持飞机，顾铮没有服从命令，自己擅自处理，被勒令停飞检讨。"

苏瑾面色茫然。

莫小晚叹口气，解释道："也就是说，顾铮根本不在飞机上。"

苏瑾看着她，眼睛里全是怀疑。

莫小晚投降状，拿出电话："你自己问顾铮吧。"

两声电话铃响，顾铮已经接起了电话。

"小晚？"

"顾铮，是我。"

"小瑾……"

听到顾铮声音的瞬间，有酸楚涌上她的心头，刚才紧张不安的心情终于落地，她稳了稳情绪才开口："你停飞了？"

"但我很勇猛哦！"

隔着电话，苏瑾都能想象顾铮"酷炫"的臭屁表情，她无声地笑了。这笑意渐渐从嘴角蔓延到了眼底，这笑容，如同春风吹拂过的冰雪消融，夏季微雨后绿叶上晶莹的雨滴，无声无息，却浸润心田，璀璨夺目。

这样的笑容，也刺痛了站在阴影里杨晏然的眼。杨晏然突然想起了妈妈喜欢听的一首老歌，歌里是这样唱的：

有人问我你究竟是哪里好，

这么多年我还忘不了，

春风再美也比不上你的笑，

没见过你的人不会明了……

苏瑾从来没有在他面前这样笑过，这笑如同春花开遍山野，又如同冬日微醺的暖阳，仿佛跋涉万水千山，就为了获得这哪怕是转瞬即逝，却璀璨夺目的一笑。

只是，这样的笑容，从来没有属于过他杨晏然。

杨晏然轻轻地走回了包间。

第9章 坠入茫茫深渊

午休时,杨晏然走进了苏瑾的办公室,合上了她正看着的文件。

"工作也要吃饭啊。"

苏瑾抬起头,杨晏然已经拉起了她的手。

"新开了一家餐厅,我昨天订好了位子,今天咱们去尝尝。"

腊味三蒸、剁椒鱼头、辣子鸡、永州鸭血、酱烤黄金酥虾、干锅花菜……因为提前预订,等苏瑾他们到的时候,菜已经备好。

看着满满一桌菜,苏瑾不由得笑了:"就我们两个人,哪里吃得下?"

"小宏说都是你喜欢的。"

苏瑾的笑意更浓了:"那我得给他打包了,因为都是他喜欢吃的。"

小时候苏瑾就跟着母亲颠沛流离,长大后,一心想走出那个小阁楼,心思全用在学习上,对于吃,她没有太多的要求,能果腹就好。

所以,对着满桌鲜香四溢、浓墨重彩的菜肴,小时候的记忆涌上心头。

也是在除夕时,妈妈会和叔叔准备很多菜。辣子鸡、剁椒鱼头、烟熏腊排骨、烟熏五花肉与腊猪蹄,但大部分是叔叔与梁炜吃,梁宏太小,母亲单独熬鱼汤给他。属于她跟母亲的,就是吃剩下的剁椒鱼头的汤汁,拌在饭里,红的剁椒,白的米饭,其实也赏心悦目,只是她心情郁闷,一心只想逃离这种夹菜也要看脸色的日子。

当然,也还是有温暖的片刻。

在梁宏患病前的农历新年里,叔叔打扫店铺的卫生,妈妈回到家里做年夜饭。煮腊肉的时候,苏瑾照例在做家务,或者带着梁宏玩。锅里沸腾开,渐渐地腊肉醇厚的咸香慢慢溢出来,等到香味足够浓郁时,妈妈在厨房里喊她。

"小瑾,来帮我一下。"

她让梁宏自己玩,走到厨房,就看到砧板上的腊排骨跟腊肉,盘子里已经整齐地码上了。玫瑰色的腊肉片,红亮润泽,映着白瓷盘,格外诱人。

母亲叫她,并没有别的事,示意她张开嘴,然后一块咸香浓郁的腊肉就到了她嘴里,妈妈顺手再从盘子里拿出两块腊肉排骨给她。母亲就这样笑着看她,她有点儿不好意思,但很迷恋这样小小的一段属于她跟母亲的幸福的小秘密。

后来,梁宏患病、梁炜去世,接着母亲也去世了,连那点儿细碎的幸福,也再没有。时光从来这样残忍,她只能眼睁睁地看着自己失去一切,那些岁月里还没来得及细细咀嚼的美好,转眼就成为记忆角落里泛黄的旧照片。

"苏瑾，苏瑾，尝尝这个，我听说这家做得很地道。"杨晏然往她碗里放了一块永州鸭血，苏瑾才猛然惊醒过来。可是，他从来不吃辣椒，这满桌的菜，他根本下不了筷子。

"晏然，其实没必要这样的，我对吃向来不挑剔。"

"不挑剔不代表不愿意享受自己喜欢的美食。"杨晏然又往她碗里夹菜。

"小瑾，来，祝我们新的开始。"杨晏然举起了酒杯。

苏瑾也举了起来，与他碰杯后，刚要饮下杯里的果子酒，就听杨晏然突然说："小瑾，我们结婚吧。"

苏瑾一怔，不由得说："可现在是最忙的时候。"

"那我们就简单地举行一个订婚仪式，请亲友参加就行。"

苏瑾放下了酒杯，低垂下眼睛，咬了咬嘴唇，缓缓地开口了："晏然，能再给我一点儿时间吗？"

语调还是苏瑾一贯的轻缓而清冷，却如同一盆冰水浇灭了杨晏然眼睛里刚刚还有的那簇小小的火光。他抿了抿嘴唇，眼睛闪过转瞬即逝的狂暴，却太快，快到苏瑾来不及捕捉，等他再抬起头来时，他的眼神已平静如深潭，再没有丝毫波澜。

接下来两个人都食不知味，还是一个客户的电话打破了他们之间仿佛要凝固的空气，苏瑾看到杨晏然被辣椒呛得涕泪交流，狼狈不堪。

杨晏然的喉咙里好像进了一团火，一颗心仿佛在火里沸腾，眼里流出泪来，心里却在冷笑，这样的结果，不是早有预料吗？对苏瑾还抱有幻想，是自己太蠢！

苏瑾不知道，她今晚的拒绝，是杨晏然对他们的感情做的最后一次努力，是他最后一次这样卑微地乞求苏瑾。苏瑾更不能预知，杨晏然的爱与恨，给她带来了怎样灭顶的灾难。

那时候公司运营良好，业务以极快的速度在增长。而美国的老客户又介绍一个世界互联网大亨给她，如果能接下这位互联网大亨的业务，他们的公司有望与国内优质金融公司比肩。

为了拿下大亨的合约，苏瑾有必要亲自去一趟美国，主要是去见大亨的股东们。这个消息，让公司上下都很亢奋。

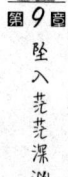

第9回 坠入茫茫深渊

3

第二天，苏瑾乘最早的一班飞机飞往美国。

谈判很顺利，还有些细节的合同内容要确认，一直协商了十天，终于敲定合同，准备在一个月后正式签约。这之后，苏瑾迫不及待地收拾行李回国。

只是在她到美国后，她的助理却突然提出辞职，并且工作完全没有交接，苏瑾只接到她发来的辞职报告，然后就联系不上她了。

她只好给杨晏然打电话。

杨晏然说："这件事还得经过人事部，我去找她谈谈。"

等苏瑾从美国回来，飞机降落在熟悉的机场时，苏瑾却没发现公司派来接她的人，杨晏然也没出现。

苏瑾拦了一辆出租车就到了公司。苏瑾敏感地察觉到了一丝不对劲，她刚走进公司前厅，一名中层员工就拦住了她。

"苏总，您总算回来了！"

"怎么了？"苏瑾有些莫名其妙。

"杨总说目前经营不善，公司要被收购，所以最近要清算资产，所有的工作都暂停了。"

苏瑾一顿，她从未听杨晏然提到过收购："这件事我会跟杨总先沟通下。"

可是她拨打杨晏然的电话，却传来关机的提示语。

苏瑾隐约感到不安，她通知各部门负责人开会，并且让财务总监将报表拿过来。可是人事部却说财务总监已经辞职，就在她去美国的第二天。

"什么？"苏瑾惊得从椅子上站起来，"怎么会突然辞职？"

苏瑾通知会议延迟，自己去查公司的账面，她感觉一种前所未有的疲惫吞没了她，让她身体不断地下坠，就像坠入茫茫深渊。

公司的账面上亏空了六千万，这也是所有投资人放在公司进行运作的资本。

杨晏然怎么做到短短时间内全部转走，而她却毫无察觉呢？她一向只在前面做业务，找客户，公司其他的事务全部是杨晏然负责。从她决定和他一起回国开公司起，她就已经决定跟他荣辱与共。

她信任他，所以在财务这一块根本就不曾过问。

而他的欺骗却不是一时的，也许从他出狱再回到公司，他一直都在用假账来欺骗她，所以她的助理跟财务总监突然辞职，跟这件事不无关系。

一想到她的助理很可能是他安插在她身边的人,她就不寒而栗。

杨晏然究竟是怎样的人?

一个不顾一切为她与歹徒搏斗,一个独自承担公司责任的男人……他怎么会对她做出釜底抽薪的事?她一直以为他看重公司,一直觉得他和她有共同的理念,但原来这全是假象。他是变了,还是他本身就是一个小人,只是在不停地演戏?

她宁愿相信他是有苦衷的,但公司的账号只有他们俩才知道密码,她骗不了自己。

苏瑾安排财务部将公司账面上剩余的钱先结算员工工资,并且补偿三个月。

"苏总,公司真的要被收购了?"李简看着面如土色的苏瑾,小心翼翼地问。

"不是收购。"苏瑾缓缓地说,"杨总拿走了公司所有的钱。"

她的人生经历过很多很多次绝望,每一次她都觉得自己可以坚持下去的,她要变成一个强大的苏瑾,她要让自己的人生活得有意义和价值,但此时此刻,她满心悲凉,觉得所有的努力原来都是为了给今天的自己,挖一个巨大的坑。

如果她还只是那个米粉店的小妹,也许会过得更平静幸福些。

一路走来,太跌宕起伏,她已经撑不住了。

六千万,她这一生都还不清;六千万,足以让她在牢里待一辈子;六千万,会将她打入地狱。

她望着窗外想了很多很多,她想念母亲,想念顾峥,甚至想念儿时的自己。如果她不是这么要强,像大多数女人那样守着一份安稳的爱情,那像今天这样的绝望就不会出现了。

但人生怎么会重来呢?她的每一步都是自己的选择,不能怨天尤人。

眼泪不断地从眼眶里涌出,她擦了又擦,终于放弃般地抱着自己的膝盖痛哭起来。

原来一个人可以这样狠,可以把戏演得这么好,可以从一开始就把局布得滴水不漏……她想不明白,为什么杨晏然要采用这样的手段来对她。

如果他要钱,他可以告诉她,她可以给他一半甚至更多的股份,只要公司继续发展,未来他们能赚的,未必没有这六千万多,可他却选择了最决绝的方式,让他们之间再也没有任何回旋的余地。

苏瑾处理完员工的遣散事宜后,给叔叔打了电话,她叮嘱他注意身体,絮叨着让他跟梁宏要好好相处,梁宏已经是青春期的孩子,即使叛逆也要好好沟通。

末了要挂电话的时候,梁树民突然问:"你是不是有什么事?"

苏瑾隐忍着眼泪:"叔叔,我给梁宏的银行卡里存了一笔钱,到他大学毕业足够了。"

"小瑾,前些日子叔叔跟你闹情绪,你别见怪!其实在心里,叔叔一直把你当一家人。"

苏瑾默默地挂了电话。

她想要给莫小晚打个电话,却怕自己会哭出来,这么多年,和她最亲最近的就是小晚了,风风雨雨都陪着她,但这次的事太大了,没有人能救她了。

她把自己关在办公室,昏昏沉沉地睡着了,她梦见了母亲,梦见自己在母亲病榻前的那些日子,那是她一生里和母亲最亲近的时候了。在那以后,她孤军奋战,在自己的人生里起起伏伏……真累呀!累得她想要永远地睡去,再也不要去面对险恶的人心。

当她睁开眼的时候,看到一缕曙光从云层中照过来,那么璀璨,那么清新——新的一天开始了,而她的明天呢?她已经没有未来了。

她拿起手机,把烂熟于心的数字按下去,可是顾峥的手机不在服务区。

此刻他应该驾着飞机在天空上翱翔吧,想到他驾驶飞机的样子,她的唇边露出淡淡的笑容。

幸好呀,幸好她没有跟他在一起,否则也会被拉进这万劫不复的深渊里。

他的安稳平静,是她最大的心愿了。

最后,她还是给莫小晚打了个电话,她显然才从睡梦中被吵醒,梦呓一样的语气:"真早呀。"

苏瑾竭力地笑了笑:"没什么,你快睡吧。"

"到底什么事?"莫小晚倒是清醒一些,"今天的你好反常。"

"小晚,如果我错过你结婚,错过你生孩子,错过你以后人生的每一个重要的时刻……不要责怪我!"

"你在说什么?"莫小晚彻底清醒了。

"小晚,你不要害怕。"苏瑾笑了笑,"我已经决定去接受一切后果了。"

"急死人了,快说怎么了。"

"杨晏然……"

"他喜欢上别人了?"莫小晚抢着说。

"他卷走了公司账面上所有的钱。"

苏瑾听到电话那端"咚"的一声,然后传来莫小晚惊悚的大叫:"你在说梦话吧?"

莫小晚从地上爬起来,她被这个消息惊得四分五裂,怎么会?这是诈骗!是犯罪呀!

"是真的。"苏瑾静静地说，"他已经消失很多天了，也许拿着这笔钱回了美国，又或者去了哪里……"

"怎么可能！"莫小晚难以置信地喊，"他那么爱你呀！"

苏瑾苦涩地垂了垂眼，这是他的爱还是他的恨，他卷走了六千万，把一个空壳公司留给她，让她去面临即将到来的牢狱之灾。

莫小晚很快就赶到苏瑾的公司，同时赶到的还有陈白，这件事比之前龚凡私自募集资金严重得多，涉案金额也巨大，处理起来非常棘手。

"我恐怕难以应付。"陈白在听完整件事后，直白地说，"这个案子要找更专业的律师。"

"那就去找！"莫小晚急躁地说，"我倾家荡产也要请最好的律师！"

"杨晏然这个浑蛋！"陈白爆了粗口。

从陈白灰灰的脸色，苏瑾就知道情况不容乐观。

警察应该很难找到杨晏然，也很难追回那些资金——处心积虑要消失的杨晏然，早就做好了万全的准备吧。

他们俩陪着苏瑾去警察局报案，因为涉案数目太大，苏瑾也成为嫌疑人之一，而且因为牵涉的数额巨大，所以拒绝陈白提出的保释。

他们的公司很快就被查封，金融办处非办（专门防范和处置非法集资的政府工作部门）、金融局、公安局经济犯罪侦查科成立了专案组来审核此案件，警察也发出通缉令，全球通缉杨晏然。

所幸的是该案件涉及的金额虽然很大，但因为投资人数量不多，都是大财团、企业或者富豪，所以最终定性不是非法集资。

若是被定性为非法集资，那苏瑾将面临死刑这样的罪责。

但即使苏瑾毫不知情，但她是公司法人代表，也会承担刑事责任，所以，苏瑾也知道当她来警察局自首的时候，她就出不去了。

陈白也知道事态严重，开始去顶级律师事务所，找专门打经济犯罪的律师来想对策。

此时，苏瑾已被移送到看守所。

她每天都在回忆，回忆跟杨晏然相处的每个细节，然后再把这些细节串联起来，希望能有所发现。可是她依然猜不到任何环节，从他们共事，到他受伤离职，再到杨晏然劝她回国创建公司，他都没有任何不妥的地方。

即使她知道他的手已经恢复却依然瞒着她，她也能理解他为什么这么做。

这个男人如果从一开始就一步步地精心布局、算计她，这太可怕了。他想要利用她的专业知识，想利用她的人脉资源关系，那最好的方式自然是跟她一起创业，可是公司发展得如此好，他为什么要放弃呢？

苏瑾自嘲地想，自己的人生怎么这么失败，这个世界上，还有谁可以让她全然信赖，又有谁无条件地信任她做的一切？

陈白来看她，拿出手机说："有样东西给你看。"

他掏出手机，打开一段视频，然后放在苏瑾面前。

是顾铮。

他沉着冷静地说："别怕，我们会想尽一切办法帮你，不要失去希望，也不要丧失你的信念！这么多年你经历过那么多事，无论是在槐树街，还是在美国，又或者是现在，你都能逢凶化吉，老天会庇佑你的！苏瑾，要照顾好自己……"

隔着手机屏幕，苏瑾的眼泪夺眶而出，却又忍不住笑了。又哭又笑的苏瑾才让陈白松了口气。之前的苏瑾，像个没有生气的布娃娃，现在，她总算"活"过来了。

"苏瑾，你还记得你以前的助理小黎，黎凯吗？"

"他？"苏瑾点点头。

"他提供了很多线索。"

原来黎凯在得知信汇投资公司出事以后，他从法国赶回来，找到陈白，向他提供了一些情况。苏瑾后来的助理其实是杨晏然安排在她身边的眼线，随时都要向他汇报苏瑾的行踪，还有财务总监，他们一直私下来往甚密。

警察也找到了苏瑾的助理和信汇投资公司前财务总监，他们说，也是在发现杨总卷走巨款后因为害怕才离开了公司。苏瑾的助理是收了杨晏然的钱才会帮他，而财务总监做假账是以为杨总要应付监管部门的审查，当然杨晏然也给了他很多钱。

所有的证据都指明苏瑾并不知情，但她是公司法人代表，她必须得负责。

"我会坐多久牢？"苏瑾默默地问。

"最好的结果是五年。"陈白不想给苏瑾希望，老实坦白地说，"最坏的结果是十年。"

"哦——"苏瑾神色黯然，"十年以后这个世界会变成怎样？"

陈白看着这样的苏瑾无能为力，他已经无计可施了。即使是找了最厉害的律师，得到的结果仍然是法人代表肯定要负刑事责任。

想想这对苏瑾来说是怎样毁灭性的打击呀。

这么年轻、有能力、有梦想……的苏瑾，她的一生都毁了。

"苏瑾，"陈白艰涩地说，"也就几年而已……很快就过去，你还可以从头来过。"

苏瑾茫然地望向他，如同游魂般地问："还可以吗？"

第9章 坠入茫茫深渊

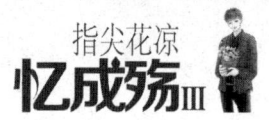

陈白从拘留所出来的时候,顾峥正焦急地等在门口。

一见到他,顾峥就迎了上去:"她还好吗?精神状态怎样?是不是瘦了?"

"顾峥!"陈白无奈地说,"你冷静点儿!你听我说,她很坚强,一定会撑过去的。"

顾峥满脸担忧:"这么大的事她怎么扛得住呀!我真怕她会病了……"

陈白叹口气:"先到我的办公室,我们慢慢来想办法。"

因为苏瑾的案子,莫小晚现在也经常跟陈白在一起,有天她发现陈白头上竟然有一根白发,心里一酸,差点儿落下泪来。他最近沉默了很多,一个油腔滑调的男人突然转了性,变得心事重重,竟然让她有些心疼。她一直觉得分手后就不要藕断丝连,可是当他真的不再出现在她面前时,她竟会有些失落。

她和赵铭之间越来越像合作关系,虽然他对她也很好,但他从未对她表白,更没有明确表示要她做他的女友。她以为她做这一切他们的关系就会水到渠成,但有时候她感觉赵铭离她很远,他的心思她猜不透。

有时候她按捺不住地问他,他们之间是什么关系。他会笑着捏捏她的脸,暧昧不清地说:"你觉得呢?我们之间还用解释吗?"

对,他就是这个调调,不明确表态,又让她胡思乱想。

莫小晚觉得跟陈白在一起的时候相处还简单些,她的喜怒哀乐都可以坦然地在他面前展露出来,而对赵铭,她却一直想要表现自己最好的一面,而掩饰的时候会心累。

推开陈白办公室的门,莫小晚并不意外顾峥也在。自从顾峥知道苏瑾被刑事拘留后,几乎每天都和陈白形影不离了。其实她从余蓓蓓那里听说了顾铮答应他们在一起的消息。虽然不公平,但是她知道,这个时候谁也劝不走顾峥,他的心都在苏瑾身上。

顾峥和莫小晚颔首,而当陈白殷切地望过去时,她语气很淡地说:"今天见到小瑾还好吗?"

"不太好。"陈白实话实说,又看了顾峥一眼,"但我相信她一定会撑住的。"

"姜律师怎么说?"莫小晚急切地问,"可以做无罪辩护吗?"

"不能。"陈白直截了当,"即使所有人都知道苏瑾很无辜,她被那个浑蛋害苦了,但法律就是这样规定的,她是公司的法人代表,这些后果都得由她承担。"

"除非——"陈白话锋一转,欲言又止。

"除非什么?"另外两人都急切地问。

"姜律师专打经济犯罪，他跟我提到还有一种办法，如果能行，苏瑾很可能被免于刑事起诉。"陈白叹口气，"法律不外乎人情，在之前的案例中就有法人代表被免责的情况。"

"究竟要怎样做？"顾峥蓦地站起来，"我一定会做到！"

"你别急，先让他把话说完。"莫小晚急切地说，"你快讲呀！"

陈白还是一脸为难："我今天见到苏瑾也没告诉她，就是怕她希望越大失望就越大，如果真的能够解决，我一定会赴汤蹈火，就是……"

"别磨叽了！"莫小晚忍无可忍，"说重点！"

"好，重点。"陈白说，"如果没有了原告那这个案子就不成立了。"

"什么意思？"另外两人不约而同地问。

"那个浑蛋！"陈白说，"他确实是卷走了六千万！如果我们能还上六千万，那就不会有人追究公司的责任，苏瑾也不用承担刑事责任。"

顾峥和莫小晚眼里都是失望："六千万呀！"

"是呀，就因为知道我们所有人所有资产加在一起也没有六千万……"陈白叹口气，"我跟姜律师谈过，最好的结果也就是五年……"

"不行！"莫小晚激动地站起来，"小瑾不可以坐牢！五年呀！女人最好的年华都没有了！""六千万，我来想办法！"顾峥抬起头，"苏瑾被冻结的财产有多少？"

"公司办公室是租的，账面上根本没有钱，她的房子大约也就三百万。"陈白说，"我能够筹集一百万。"

莫小晚说："我手头现金不多，名下也就一套房……还可以找我父母，五百万应该可以筹到。"

"这还不到一千万，远远不够呀！"陈白无奈地说，"这可怎么办？"

三个人陷入了沉默。

他们无比期待能早日把杨晏然捉拿归案，追讨回那六千万，但他就像人间蒸发了一样，谁也不知道他去了哪里。出境表显示他飞到了加拿大，然后再也没有消息……就算找到他了，那些钱还会剩下多少？

屋里的人忧心忡忡，而屋外一场暴雨降临，电闪雷鸣，大雨倾盆，隔着玻璃，都能感受到外面的嘈杂喧嚣。

Zhijian Hualiang Yi
Cheng Shang III

第10章
念念不忘的信仰

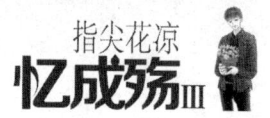

苏瑾想起有一年她和莫小晚在街头摆摊,她卖手工包,莫小晚替人画像……围观的人很多,但当顾峥出现的时候,她总是能用余光一眼就望到他。

她也觉得奇怪,自己怎么就知道那是他呢!那么多人站在那里,可她就是能感应到他。她一直以为只要自己足够努力,一定会改变人生,所以,她对自己狠,对她的爱情狠,对顾铮更狠,甚至愿意就这样孑然过一生,不被束缚,也不去束缚别人,可是此时此刻,她真的很害怕,她多想有一个人能陪在自己身边。

她还记得当她跟着妈妈过得颠沛流离时,当被李凤华责骂、羞辱时,当她躺在潮湿的小阁楼时,她在心里想,在将来她一定不要再过这样的生活,一定要离开槐树街,离开阁楼,离开那个总是看别人脸色的妈妈,她也一定要让自己足够强大,足够撑起自己的人生。

可是走到现在,她真的撑不下去了。

她每天吃得很少,等陈白再来看她时,眼眶都红了。

日子一天天过去,她都不记得在这里待了多少天,十天还是二十天?她好像从来没有这样,有大把的时间,什么都不做,就只是待在角落里。陈白给她带来了一些书,可她一个字也看不进去,每天都觉得那么漫长,令她感觉昏沉而茫然。

陈白带了个好消息:"终于可以保释了。"

苏瑾对他的话置若罔闻。

"苏瑾,我会协助姜律师办手续……"

"不用了。"苏瑾缓缓地说,"保释金一定很高,留着赔给客户吧。"

陈白急切地说:"苏瑾,别灰心,事情已经有转机了。"

苏瑾依然无动于衷,她看着空气中的一点,整个人毫无生机。她已经将自己放弃了。

"孟霖辉,他就是你的贵人!"

"孟总?"苏瑾终于抬眼往向陈白。

"对,KPCB的孟总孟霖辉。"

苏瑾创立信汇投资公司的时候曾去拜访过孟总,从昔日下属如今成为竞争对手,孟总倒是显得很豁达,他给了她很多经验之谈,亦师亦友,颇为投缘。虽然有几次两人都想要争取同一客户,最后结果也是旗鼓相当,难分胜负。

"孟总知道我是你的代理律师,找到我后希望我提供那六千万欠款的客户资料,我以为他是想乘机挖走你的客户,但他说他会想办法来处理六千万。"陈白说得激动起来,"知道吗?苏瑾,在之前的案例中有很多这样实际的操作,就是只要把钱补上了,法人代表就不会负法律责任!我之前一直没告诉你,是觉得六千万这么大数目很难解决,但对于孟总,对于KPCB的中国区总经理,六千万就变得很容易了。"

苏瑾大约明白他的意思了:"可是我没有那么多钱还他。"

"具体的事宜得你跟他协商。"陈白说,"现在六千万并没有填补,只是有孟总从中斡旋担保,你现在可以保释出去。"

苏瑾垂了垂眼。

当她走出拘留所的时候,看到顾峥和莫小晚已经等在那里。

莫小晚一见到她,眼眶就红了,抬手抱住她,泪如雨下:"小瑾,你总算出来了!一想到你在里面吃不好睡不好,我就急死了。"

一旁的顾峥默默地望着她,内心依然充满了担心。虽然苏瑾可以保释,但那六千万真的能填上吗?孟总会提出怎样的要求呢?

已经快一个月了,他每天都很煎熬,见到苏瑾,他内心哽咽,几乎落下泪来。她瘦了,也憔悴了,随便地绑了一个马尾,有几缕碎发从耳边垂下,一直垂到肩头,如同一根轻柔的羽毛,拂过顾铮的心。

第10章 念念不忘的信仰

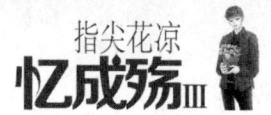

回家后，苏瑾想一个人待着，其他人即使不放心，也只能由着她。

他们知道，她现在需要静静。

苏瑾把自己扔在床上，四肢百骸像被车碾过一样，头也昏昏沉沉的，刚一打开手机，电话一个接一个，她怔怔地，一个都不想接，后来索性又关掉手机。

她知道一大堆杨晏然留下的烂摊子等着她，但她此刻对这些感到了一种从未有过的厌倦，她想回到从前，回到父亲去世前的自己，回到那段她不谙世事时的自己。那时候的她，还是会在父亲怀中撒娇的小公主。

上大学时，有一次，她偶然在书上看到一个小故事：姑娘的男友向她的父亲求娶姑娘。老父亲问小伙子，你凭什么娶我女儿啊？姑娘的男友看着她，满脸温柔地说，她可以继续自由自在、随心所欲、飞扬跋扈地生活，一如您在的时候。

苏瑾看着这段话，眼前突然就模糊了。这样的属于一个娇憨女儿的幸福故事，她是永远也不可能有了。

她有的就是在槐树街那样的岁月，苍白、压抑、疲惫……唯一宁静而美好的时光，是在顾铮家二手书店里的那些日子。

恍恍惚惚中，苏瑾好像又回到了槐树街的日子，烟火热闹的世俗中，她一颗心冰冷而麻木……苏瑾只觉得自己像沉溺入了水中，而且越来越深，越来越窒息，但她一点儿不想挣扎。

"小瑾，小瑾！"一个声音在她耳边焦急地轻声呼唤她的名字。这个声音的主人一定很关心自己，苏瑾听出他的声音里带着哽咽与颤抖。

"苏瑾——"

苏瑾缓缓睁开了眼睛，映入眼帘的是顾铮和梁宏焦虑又心疼的脸。

顾铮看她睁开眼，松了口气。

"你终于醒了！你在发烧，我们得赶紧去医院。"

"姐！"梁宏哭了，"你吓死我了！"

"来，我们去医院。"顾铮再次说。昨天离开后他不放心又折回，早上敲门却一直没有等到回应，心里着急，想起梁宏有钥匙，并且他现在和叔叔就住在附近，赶紧过去接了他过来开门。等他们推门而入，看到的是躺在床上的苏瑾，昏沉地陷入梦魇中。

"我没事！"苏瑾想要站起身，可是刚下地就一阵眩晕，顾铮眼明手快地扶住她。

梁宏哭得更厉害了："姐，去医院吧！听顾峥哥的话，好不好？"

苏瑾摸了摸弟弟的头，挤出一丝笑容："今天要上学吧，快去学校。"

"我要送你去医院！"梁宏说，"姐姐，你知道吗？你被关起来的这段时间，我每天都担心极了。"

在苏瑾好一阵劝说之下，梁宏才答应去学校上学，并且苏瑾也答应会去医院。梁宏想着有顾峥哥照顾，也就放下心来。可是等他走后，苏瑾还是不愿意去医院。

她感觉浑身滚烫，发软，但她现在只想躺在床上，狠狠地睡一觉。

"顾峥，你也走吧。"

"我们现在去医院！"

顾峥不打算跟她争辩，干脆去她衣柜找了外套给她披上，然后一把抱起她就走。

搂着顾峥的脖子，苏瑾有种恍如隔世的感觉，她太累了，一个字也不想说，贴着他的胸口听着他的心跳，让自己沉睡过去。

到了医院里，输了几瓶液以后，苏瑾的体温终于降了下来。

沉睡中的苏瑾没有了平时的疏离与冷清，几缕碎发散在她的颈边，又黑又长的眼睫毛轻轻地覆盖了下来，脸上的线条柔美得不可思议。正用棉签蘸水给她润嘴唇的顾峥，一时走神呆住了。一时间他的心像在沸腾的开水中沉浮，酸甜苦辣，都在水深火热里，滋味难辨。

"呜……呜"，顾峥的手机开始振动，但他却没有理会。

午后冬日的阳光，像一层极薄的薄纱，淡淡地笼罩在人身上，顾峥的脸，一半在明媚的阳光里，一半在阴影里，眉心微微皱着，神情忧郁而迷茫，好像在想什么，又好像什么都没有想。

手机终于不再响了，病房里重新陷入了寂静。

等苏瑾彻底好起来，已经是三天后了，她这次发烧来势汹汹，整个人昏昏沉沉，每次睁开眼，看到的都是顾峥憔悴的脸，他深深地凝视她，令她安心地又继续睡去。

有时候她也会听到莫小晚、陈白、梁宏，还有叔叔的声音……可是她就是不想睁开眼，不想说话，也不想听到安慰或鼓励。

等到她慢慢清醒过来，脸色却苍白得厉害，因为消瘦，眼眶变深，打着点滴的手，在阳光下细而白，如同冬日的枯枝。

只有顾峥陪着她，感到忧虑不已，这样的苏瑾，好像是一个只有躯壳，没有思想也没有生命力的瓷娃娃。

出院那天，顾峥带着苏瑾去了海边。

当苏瑾赤脚踩在松软的沙滩上，看着远处蔚蓝的大海，以及那些自由飞翔的海鸟时……她轻轻地闭上了眼睛，闻到了属于海洋清新的味道，感觉内心重新有了生气。

顾峥下意识地就握住了她的手，苏瑾没有动，就那么由着他。

这片刻让他产生了一丝恍惚，好像他们之间从来没有分开过，好像波士顿的那段甜蜜日子，就在刚刚过去的昨天。

苏瑾抬头看顾峥，他嘴角微微上翘，眼睛黑而深，定定地与她对视，她有些喘不过气来，又有些模糊的、微醺的甜蜜慢慢蔓延上心间……远处的风吹过树叶，天空蓝得清透而宁静，然而一声尖锐的手机铃声打破了静谧、浪漫的氛围，苏瑾赶忙抽回自己的手，顾峥怅然若失地慢慢拿出了手机。

然后看到上面余蓓蓓的名字，他默默地接了。

"在哪里呢？"

"蓓蓓，我……"顾峥欲言又止。

"是和苏瑾在一起？"

顾峥刚想要回答，余蓓蓓已经抢先回答："你不要解释！我知道，我统统知道！她出了这么大的事你不会坐视不管，她心情不好，你也不会无动于衷……但是顾峥，你要记得，等你忙完这一切，就回来！我在这里等着你呢！"

顾峥艰涩不已，他知道自己伤害到余蓓蓓了，可他根本做不到放下苏瑾，他的心被牵扯着，矛盾又疼痛，满心的抱歉只能化成叹息。

余蓓蓓挂掉电话之后，顾峥望向苏瑾，往事在翻腾，但一切都只能压抑在心头。

3

出院回来后，莫小晚坚持要搬过来和苏瑾一起住，她觉得苏瑾精神状态很差，害怕她再出什么意外。

苏瑾依然不接电话，她谁也不想见，大多数时间就是坐在沙发上抱着膝盖发呆。

莫小晚也陪着她坐在沙发上，她抱着电脑有一搭没一搭地跟她说话，希望能分散她的注意力。

有一次莫小晚把电脑屏幕转向苏瑾："赵铭的采访，他俨然已经红了。"

苏瑾只是象征性地扫了一眼，没有在意。

自从赵铭上节目后，他就身价倍增，受到诸多关注。而在莫小晚的一系列运作下，他的画也受到很大关注，只是最近她重心都在苏瑾的事上，跟赵铭倒是少有来往。

莫小晚有天突然想起来，只要她不给赵铭打电话，他从未主动找过自己一次。她有一次坚持了一个星期没有联系，他也没有任何的消息。

还是因为画协的一次酒会活动，莫小晚和赵铭才见了面。

那天晚上，当莫小晚一脸幸福地依偎在赵铭身边，想要挽住他的手时，他不着痕迹地抽离了出来，当别人问及他们的关系时，他也只说是朋友。莫小晚和别人说话时，一回头看到赵铭挺拔轩昂、温文儒雅的样子，哪里还有曾经半点儿落魄的影子。

酒会结束后，赵铭找到了已经喝得微醺的莫小晚。

赵铭皱了皱眉："需要我送你回去吗？"

这样的表情刺痛了莫小晚："我有话跟你说。"

"明天吧，今天真的很晚了。"

莫小晚坚持："不，就今晚。"

赵铭最终妥协了。

"赵铭，我们之间到底是什么关系？"

"你说呢？"赵铭有些轻佻地笑了，抬手想要摸她的脸，被莫小晚躲了过去。

"我不知道，所以我想要你告诉我。"

"小晚——"

"我们之间究竟是怎样的关系？"

"我一直当你是很好的朋友。"

"朋友？"莫小晚颤声地问，"只是朋友？"

"小晚，这样不是很好吗？"

"朋友会为你上一个节目陪人喝酒喝到吐吗?朋友会为了你的事业放下自己的事吗?朋友会打理你生活里的方方面面吗?所以……"莫小晚自嘲地笑了,"从一开始你就只想利用我?"

"我们是朋友……"赵铭辩解道,"我不知道你还想要更多。"

莫小晚的笑意更浓了:"不知道?你怎么会不知道?"

莫小晚端起侍者递过来的酒杯,抬手泼了他一脸。她觉得自己真是蠢死了。这个男人就只是想跟她暧昧呀,她却自以为和他心意相通。

事实上他真的从来没有说过喜欢她的话,更没有说过要她做他女朋友,她一直是一厢情愿,自以为帮他事业成功是种默契,但原来这是一个陷阱。

莫小晚感到彻骨的冰凉,接着是愤怒,这种愤怒促使她急切地要做点儿什么。她有赵铭画室的钥匙,因为喝得微醺,所以她冲动地跑到他的画室,疯狂地撕了又撕……是她创造了如今的他,现在她也要毁掉这一切。

等苏瑾开门的时候,看到的是一个失魂落魄的莫小晚。

莫小晚抱着苏瑾号啕大哭,她说:"小瑾,原来赵铭跟杨晏然一样的,他也只是在利用我。"

苏瑾在她断断续续的描述里听明白事情的始末,她轻轻地拂开被泪水粘在她脸上的发丝,让她靠在自己肩上,后者像只小猫一样靠在她怀里。

"先睡一觉,"苏瑾轻声地说,"会过去的。"

莫小晚有些愧疚:"对不起,小瑾。你现在这么烦恼,我还要用自己的事烦你……其实跟你比起来,我倒是幸运的了。"

苏瑾苦涩一笑。

今天孟总来找过她了,关于六千万还款的事他说可以帮她,但这是有条件的。

"其实KPCB公司总部早就对你们信汇公司感兴趣,第一,你的能力他们有目共睹;第二,信汇一年多的业绩报表很漂亮;第三,他们想要扩张国内市场,积极寻求合作伙伴。"孟总说,"所以我将你这边的情况告诉了他们。"

苏瑾怔了一下:"KPCB想要寻找合作伙伴,大把的公司愿意,而我这边的资质远远不够,何况现在这家公司亏空六千万,还在查封阶段,根本就没有办法再重新运作了。"

孟总得意地笑了:"你辞职了三次,但以后你真的要为我打工了。"

苏瑾不解地望向孟总,他说:"有KPCB公司做担保,你的六千万亏空根本不在话下,如果客户要中止合作,那KPCB可以还上这笔钱,如果他们愿意继续投资,KPCB承诺原来的利润点上,将他们投资利润增加1%。条件就是收购你的公司,还有你本人,并且劳务合同至少要签十年。我相信在这十年里,你创造出来的财富远远超过这六千万。"

苏瑾动容地望着孟总,由衷地说:"谢谢。"

她自然知道这是孟总从中促成的协议,KPCB有那么多优秀的理财顾问,怎么会来收购她这个空壳公司呢?不过是因为他想要帮她。

在KPCB工作十年比起在监狱待五年,这实在是最好的安排了。

"以后将你的公司并购后,股权百分之百是KPCB,还是你来任总经理。"孟总说,"管理和客户资源都受总公司监管,你的直接领导还是我。"

苏瑾轻轻闭上眼,在一场死里逃生后,她的内心竟然变得平静。

"苏瑾。"孟总说,"资本市场从来不缺少翻云覆雨的人,但缺少的是不忘初心的人,我欣赏你的就是这一点,坚持自己的原则,我相信你一定会走得更远。"

他又补充道:"这也是我愿意帮你的原因。"

第10章 念念不忘的信仰

莫小晚第二天还在睡梦中时接到了赵铭的电话,他冷漠地说:"没想到你这么幼稚!大家都是成年人,难道就不能理智地解决问题吗?"

"那你呢?你在利用我的时候想过我的感受吗?"

"论起画来,你并不比我好,而你却受人瞩目,风光无限!我从小就觉得我会是流芳百世的画家,可是这个社会太现实了,我女朋友看不到我的才华,嫌弃我给不了她幸福!我就是想证明给她看……"

"赵铭,你太卑鄙了!"

"卑鄙?你帮我是发自内心吗?不过是想要控制我!"

"你乱说!"莫小晚气得浑身发颤,她没有想到赵铭不仅一点儿不觉得愧疚,还倒打一耙。

"参加什么样的活动,穿怎样的衣服,一言一行你都要我听你的!"

"没有我,你会有现在的身价吗?"

"对,说到身价,你撕毁了我九幅画,我只给你算一百万,算对得起你对我的帮助了!"

"赵铭,你太过分了!"

"你等着接我的律师函吧!还有,我已经报警,为你私闯民宅,毁坏个人财务!"

莫小晚听不下去了,愤愤地挂上电话。

果然几天后,莫小晚就收到了法院的传票,赵铭将她告上了法庭,索赔一百万。莫小晚把传票翻来覆去在手里看,连连冷笑,她一分钱都不会给那个浑蛋的。

苏瑾知道她的倔脾气,只能私下里给陈白打电话,希望他能跟对方协商和解。

当陈白出现在莫小晚面前时,她一看就急红了眼,抬手就将他往外面推:"你是来看笑话的,对不对?"

"小晚,你听我说……"

"我宁愿赔给他一百万,也不想要你帮忙!"莫小晚不由分说地将他推出屋外,"嘭"的一声关了门。

一旁的苏瑾劝道:"小晚,是我让他来的。陈白一直很关心你,我相信他会很好处理这件事。"

"在他面前我还不够丢脸吗?"莫小晚抱着膝盖坐到沙发上,苦涩一笑,"我们俩还真是好姐妹,轮番吃官司呀!"

苏瑾幽幽地说:"所以你更要找一个律师男朋友!"

两个人相视一笑,竟然觉得郁结的情绪好了许多。

傍晚的时候,苏瑾和莫小晚坐在阳台的地垫上看风景,她们说起往事,笑得快要流下泪来,时光荏苒,人生就是这样仓促地走过吧,等到了她们老的时候,想起今天的事,会不会依然唏嘘不已呢?而留在她们心中的那个人又会是谁呢?

"其实这几天我倒觉得挺轻松的。"莫小晚望着夕阳最后的一缕余晖说,"好像一直在奔跑,现在终于可以停下来什么也不用想。"

苏瑾微笑着望着她,她何尝不是这种心情。

一直很努力地打拼,这些日子什么也不做,赋闲下来,真是难得。睡到自然醒,不听财经新闻,不看股市大盘,不用和各类人打交道,也不用加班熬夜,会议开个没完没了。

她甚至在睡前看一会儿电视,肥皂剧或者娱乐节目,倒也觉得有趣。这么多年,她的时间都被细致地规划,现在可以随意地打发,懒懒散散,过一天算一天。

莫小晚也什么都不想做,连画廊的事都不想过问,连一个重要奖项的颁奖典礼她也拒绝了。对方接连打电话,她干脆也将手机关机了:"这下世界清净了。"

苏瑾想,人这一生都在追逐,有的人为名,有的人为利,而她追逐的则是人生的价值。她不想再像当年那样卑微,可事实上,她一直在跟自己较劲。

"顾峥……"莫小晚小心翼翼看她一眼,"你们还能在一起吗?"

苏瑾苦涩一笑:"其实余蓓蓓更适合他……"

"那你自己呢?"

"这很重要吗?"

"蓓蓓真的很好,可是婚姻不是一个人善良就能得到幸福!顾峥的心里一直都只有你,他和蓓蓓在一起不过是被感动,你觉得这对蓓蓓公平吗?"

"我现在不想想这些事儿。"苏瑾垂了垂眼,"小晚,我特别灰心!真的,我觉得自己很失败,一个连自信都没有的人怎么能处理好感情的事?这是我性格里的缺陷。"

莫小晚叹口气,知道劝说无用:"别说你了,我一向觉得自己在感情上干脆利落,但遇到赵铭,也昏头了,竟然没有想到他会是这样的人,为了让他成功,我做了好多我自己之前从来不屑一顾的事,拉关系,走后门,塞红包……你说我以前还嫌弃陈白市侩,看来真是冤枉他了,这个世界总有些隐形的规则在那里,我们不得不妥协!说起来陈白他也真是,明明后来二审的时候,在他的暗中帮助下,那位母亲拿到了孩子的抚养权,可是他却不来告诉我,让我一直误会他。"

"你都已经跟他分手了……"

莫小晚面露愧色:"现在想来对陈白真不公平。但感情真的是要自己撞破头才明白一些道理,知道吗?苏瑾,其实我很后悔……"

"陈白一直在等你。"

"你觉得我还有脸跟他求和吗?当初那么决绝地要分手,现在被人利用了又回头去找他,他一定会狠狠地嘲笑我和打击我!"

"陈白他不是这种人。"

"算了,不说这些事了,走,"莫小晚突然笑起来,"咱们去看日落。"

"现在?"苏瑾不由得看向远处,天已经暗下来,连最后一缕阳光都消失了,只有厚重的云层布满天际,令人压抑。

"现在!"

苏瑾和莫小晚默契一笑。

莫小晚开着她那辆刚买不久的路虎揽胜,很男人的黑色款,一路风驰电掣地驶向郊区。

"这是赵铭喜欢的车型,买的时候,我还在想我们可以一起自驾旅行。现在看起来就是一个笑话。"

"小晚,其实你一直对唐老师心存愧疚,所以才会在遇到赵铭,看到他有着和唐老师相似的脸和经历,就有了一种弥补的心理。"苏瑾宽慰道,"都过去了,至少你及早地看清了他的真面目。"

莫小晚望了她一眼:"小瑾,跟你比我这点儿事就不叫事儿了,你都这样坚强,我也能够风轻云淡地面对。"

苏瑾点点头。

她们在山顶停下来,打开天窗,靠着椅背,仰头看墨色的天。一颗星星都没有,只有轻浅的风声在山谷间回荡,她们陷入往事,沉默以对。

许久后,莫小晚哭了起来。

苏瑾抬手揽住她:"小晚,我们可以重新开始!"

"我知道自己应该坚强,可是一想到……依然觉得不甘心!"

"在拘留所的那些日子,我也觉得憋屈,觉得我一直谨言慎行,从未犯错,更无害人之心,可为什么我就被关了起来?我不甘心,想不明白,但也许这就是人生吧,所有发生的事都没有办法改变,除了坚强,真的别无选择。"

"小瑾,其实我并没有多喜欢赵铭,只是自尊心受不了……"莫小晚坦白地说,

"而且陈白那个家伙一定暗自高兴呢。"

苏瑾拍拍她的手:"陈白是怎样的人,我们都了解,他是真对你好!只会心疼你,又怎么会看你的笑话?"

莫小晚叹口气:"是我自己不懂珍惜。"

"如果……"

莫小晚打断她:"我知道你想说什么……其实我也不知道。我怕我们再在一起又会重复以前的矛盾,有天我还是会嫌弃他的市侩和计较,觉得没有共同话题。"

苏瑾理解地点点头,"相爱容易相处难",分分和和之间多少感情被消耗殆尽。

聊着天的两人渐渐入睡,半夜苏瑾突然被莫小晚摇醒,她惊喜雀跃地喊:"星星!有一颗星星了!"苏瑾抬头看天,果然遥远深邃的天空,一颗小小的星星缀在那里,它真的显得太小了,就像大海里的一粒沙,可是它的星光依然感动了她们。

"每个人的存在都有自己的价值。"小晚笑了,"我想明白了,小瑾!赵铭的出现是让我看清楚,我的自负和虚荣,我的脆弱和胆怯……是时候变得强大起来了!"

一对好朋友的手握在了一起,泪水还没被风干,她们脸上就露出了明亮的笑容。

天蒙蒙亮的时候,两人才下山,刚到小区门口,突然有人冲到车前,莫小晚和苏瑾吓了一跳。

竟然是顾峥和陈白。

陈白苦着一张脸,满眼都是紧张,不管不顾地拉开车门,几乎是把莫小晚从车上给拽下来,然后沙哑着嗓子吼:"电话打不通,人也不在家,你跑哪儿去了?"

莫小晚推了推他,可他却更紧地抱住她。

"陈白,你是不是疯了?"

"对,我疯了!"陈白又气又急,竟然像个孩子一样哭了起来,"在我决定回国的时候我就想过我不一定能追到你!可我还是决定要试试……我从来没有做过这种看不到前景的事,而莫小晚,追你是我最疯狂也是最执着的事!"

莫小晚抗拒的身体渐渐放松,她任由他抱着,垂下了手。

"我知道我们有很多不同!你更喜欢可以和你谈凡·高、莫奈和米开朗基罗的人……也许我一点儿也不懂画,一点儿艺术气息也没有,但小晚,我可以陪你去做你想做的任何事!"

一旁的苏瑾眼眶湿了,而站在不远处的顾峥深深地凝视着她的侧影。

昨天晚上陈白联系不上莫小晚,以为他被拉了黑名单,请顾峥打电话试试,可是她和苏瑾的电话都联系不上,他们俩一下都急了。

陈白甚至害怕莫小晚想不开:"你不了解她,虽然她看着没心没肺、大大咧咧的样子,但她其实特别脆弱!她不像苏瑾……"

"她们俩在一起,不会有事。"顾峥劝慰道。

"我还是心里发慌呀!"陈白跟顾峥去了莫小晚家,又去了画室、画廊……一无所获,顾峥也着急了。怕两个人在外面遇到什么麻烦事,但一直找不到她们,两个人只好在小区门口守着,所幸看到她们完好无损。

此时的陈白像个无赖紧紧地抱住莫小晚:"我很担心你,让别人照顾我不放心,小晚,再给我一个机会,好不好?"

莫小晚内心动容,眼泪涌上来:"对不起,陈白!"

"我知道我现在是乘人之危。"陈白继续说,"可我就是放心不下你!我在想你吃饭了吗?睡觉了吗?有没有做噩梦?会不会哭?"

"你把我弄哭了!"

陈白慌忙抬手去擦她的眼泪，心疼地说："小晚，别哭了！我喜欢看你笑，你笑起来最漂亮！"

　　说着，他学着莫小晚的样子，眯着眼睛，露齿一笑，逗得后者忍俊不禁，终于破涕而笑。

　　一旁的苏瑾松了口气，静静地笑了。

　　她不知道，在他身后的顾峥，在看到这个笑容时，也不由得笑了。

　　岁月沉淀下了他们最好的年华，时光过滤掉了曾经的青涩，留下的都是记忆里芬芳绵长的味道。也不是没有遗憾，然而，在人生山长水远的画卷中，这些遗憾、错过、误会、丢失，最终凝成生命里念念不忘的回忆。

第 11 章
我会一直等

又一年农历新年过后,停飞四个月的顾峥终于重新开始了他热爱的飞行事业。

苏瑾的案子也快要尘埃落定,由KPCB公司出面安抚了投资者,但相关的协议还在确认中,只是杨晏然一直没有消息,但法网恢恢,疏而不漏,他们都相信,终有一天,他会被绳之于法。

那天在苏瑾家门口看到陈白和小晚和好后,顾峥和苏瑾没有再见过面。

陈白也说,历经此劫,苏瑾一定知道顾峥才是对她最真的人,劝顾铮再去追回她。可是顾峥知道,苏瑾的个性是她下定了决心就不会改变,他的表白只会让她陷入为难之中,而且现在她还有很多事要做,除了要重组公司,要梳理业务,还需要时间平复杨晏然带给她的伤害。

莫小晚也跟苏瑾谈过,她觉得苏瑾现在不要有顾虑,勇敢地表达内心的想法,就像她和陈白一样,以后好好地在一起,共同面对风风雨雨。但苏瑾觉得即使她承认自己还喜欢顾峥又能怎样呢?她现在精力更多的是放在工作上,何况他们不能去伤害余蓓蓓。

让莫小晚和陈白觉得遗憾的是,顾峥好像也放弃了,他不想再给苏瑾压力了。

她若遇到危险,他可以不顾一切,但她岁月静好,他就默默守护。

何况他已经有了余蓓蓓。

余蓓蓓真的令他心疼,自始至终,她从未阻拦过他去帮苏瑾,在他最困顿的时候她只是微笑着给他加油,甚至说:"如果你想要跟我分手,直接告诉我就可以了。"

她眼里带笑,令他动容,抬手揉揉她的发:"别说傻话了,我们好好在一起。"

今天返航下机后,顾峥就感觉气氛怪异。一路上同事们都诡异地望着他笑,刚走到大厅,他就看到了身穿洁白婚纱、手捧红色玫瑰的余蓓蓓,在众人的簇拥下,她亭亭玉立地站在他面前,含笑地望着他。

而许久未见的许霖竟然也出现了。之前许霖已经跳槽到别的航空公司,他和顾峥的联系越来越少,在得知余蓓蓓终于得偿所愿跟顾峥在一起后,惊讶不已,但也为余蓓蓓高兴。她说想要向顾峥求婚,许霖表示会联系旧日同事一起筹备,他们要给顾峥一个惊喜。

在知道顾峥的航班时间后,他们一起布置了候机厅,鲜花拱门,小提琴乐手,还有无人机送戒指……原本余蓓蓓只是想求个婚,但在许霖的安排下竟然像是一场婚礼了。

不过她也觉得特别浪漫,所以细节上的事都交给了许霖。

等看到顾峥穿着制服出来时，余蓓蓓的心紧张得都快要跳出来了，叫好声、欢呼声、掌声，气氛热烈甜蜜，顾峥也被面前的一幕给惊呆了，而余蓓蓓心里一直害怕——他会转身离开吗？他会拒绝吗？看着顾峥一步步走向她时，她感到整个世界都停止了。

无人机缓缓降落到余蓓蓓的面前，她取下上面的一枚戒指，深深地望着顾峥，鼓起勇气问："我很想要嫁给你，你能不能把我娶回家？"

顾峥看到了余蓓蓓眼睛里的期待、紧张……这一刻他的内心矛盾不已，但面前的余蓓蓓令他万分感动，那么多双期待、祝福的目光围绕着他们，他觉得无论是对余蓓蓓还是自己，这都是很重要的时刻，他微笑着点点头，接过她的戒指，缓缓地戴到她的无名指上。

人群沸腾起来。她被他拥进怀中，如释重负。

"恭喜你！"许霖走上前，"我早觉得你们俩就应该在一起。"

顾峥笑笑，余蓓蓓替他接过话："这次谢啦，等到你结婚，我一定奉上大红包。"

"必须的！"

等到人群都散去，送余蓓蓓回家时，顾峥有些沉默。

余蓓蓓望向他，这几年顾峥的变化真大，他的笑容越来越少，虽然显得更成熟内敛，可是也令人心酸，那个阳光大男孩去哪儿了呢？有时候她故意怼他，引他跟自己多说话，但只要他跟苏瑾在一起的时候，他的目光就变得那么深情，仿若一直就是那个痴情的大男孩。

"顾峥，如果你后悔，其实——"

"难道是你想悔婚。"开着车的顾峥别转面孔望着她笑了笑，"别胡思乱想了！以后我会做得更好一点儿。"

"你和苏瑾……"

顾峥的神色变得冷峻起来。

"你和苏瑾一点儿可能也没有吗？"余蓓蓓不死心地问，"现在她一个人……"

"蓓蓓。"顾峥艰涩地说，"我知道我让你没有安全感，也知道自己做了很多伤你心的事，但我和苏瑾之间已经结束了。以后，我会更珍惜你，可以相信我吗？"

余蓓蓓点点头，心里却没有求婚成功的欢喜，更多的是一种悲伤。她知道顾峥答应她，一是因为她当着这么多人的面，他不想让她失了面子；二是因为她对他这么好，他不忍伤害她。

可是这些日子，虽然她和顾峥在一起，很快乐，也很幸福，但顾峥呢？顾峥开心吗？他真的已经放下对苏瑾那么多年的感情？她其实心里有答案，却不想面对。

她的求婚是给自己漫长的等待一个交代，就好像一个迤逦的梦，她要完成这个梦想，然后再醒过来。

她爱顾峥呀，怎么忍心看他为难和矛盾？

有这样一段时光，有这样幸福的时刻，就够了。

但真正要下定决心放弃，她又舍不得。原来这世上最复杂的事就是感情，想要放弃，总是欲罢不能……

2

肖琴早已经听余蓓蓓提起要在今天向顾峥求婚,她自然是高兴的,但又怕那个倔强的儿子当众伤了蓓蓓的心,一直忐忑和紧张着。

"你坐下吧。"顾知远叹口气,"你走来走去,我都要被你绕晕了。"

"难道你不想蓓蓓做你儿媳妇吗?"肖琴说,"她这样的女孩真是太难得了,如果儿子拒绝她了,我真是要扇他一巴掌。"

"嗯。"

"嗯?"肖琴气咻咻地说,"你这是什么态度?"

顾知远将肖琴拉到沙发上坐下,语重心长地说:"你觉得结婚重要,还是儿子的幸福重要!"

"废话,当然是他的幸福。"

"我承认蓓蓓很好,和她在一起,儿子能得到平静的生活,但他的内心呢?"

"他跟苏瑾都分手三年了,早就淡了。"

"你真的觉得淡了吗?"顾知远反问,"难道你不了解你的儿子吗?"

肖琴叹口气,承认丈夫说得对。三年了呀,他们都分手三年了,可这个倔强的儿子却一直郁郁寡欢,她知道儿子在等苏瑾回心转意,可两个人就这样耗下去,什么时候是个头呢?

他们也是开明的父母,觉得儿子结婚早晚也随缘,可他不快乐呀!她宁愿儿子像以前那样跟她吵吵闹闹,或者不听话的时候由她呵斥一番,但现在他又体贴又懂事,她却越来越担心了。

一直等到儿子进家门,肖琴立刻迎上去:"路上辛苦吧,妈煲了莲子汤,你先喝一碗。"

"不吃了,好累。"顾峥跟父母打招呼,看到父亲对他使眼色,明白母亲有话问他。

"必须得吃。"母亲拉着他的手,"妈妈知道你飞得很累,但喝一碗汤的时间,不会太久。"

等顾峥坐到桌前,端起碗,看着母亲盯着他,笑着说:"妈,你的眼神太寒碜了!我害怕!"

"别贫,说吧。"

"什么?"

"答应了？"

"嗯！"

听到顾峥肯定回答，肖琴倒是有些意外，顿了顿："真的决定了？"

"妈妈，我一直以为你很喜欢蓓蓓。"

"我当然喜欢！"肖琴叹口气，"可我更希望儿子你能和自己喜欢的人在一起！"

"谁说我不喜欢蓓蓓？"顾峥把勺子放下，故作轻松地笑了，"我挺喜欢她的，真的。"

"那就好。"肖琴长松口气，"这样妈妈就放心了。"

顾峥不想跟母亲解释，喜欢和爱之间的不同，在他答应余蓓蓓的时候也不是冲动而为，他真的想要好好地珍惜余蓓蓓了。

3

这天余蓓蓓来找他时,见他坐在书桌前,上面摊开一个笔记本,已经有些泛黄,娟秀的字体,还用不同颜色的钢笔做了密密麻麻的备注,顾峥的眼睛却看着书桌上的那盆素馨,手指轻轻地抚摸素馨嫩绿的新叶。

清晨的阳光透过已拉在一边的窗帘照进来,他的脸一半在阳光下,一半在阴影里,更显得表情模糊。在这一刻,她突然觉得心酸不已。

她退到门口,故意让脚步声重了一点儿,惊醒了他。他回头看是她,顺手把桌上的笔记本收到了抽屉里,对她勉强一笑。

"我妈今天熬了汤,一定要我送来给你尝尝。"

"谢谢。"顾峥说。

两个人又陷入了沉默,良久,顾铮抱歉地开口:"蓓蓓,对不起,其实我……"

他说不下去。说什么?自己还没准备好?但答应跟她结婚的,也是自己;说自己还没忘记苏瑾?

她心如刀绞,当然知道他想要说什么。那日答应和她在一起,不过是一时对苏瑾心灰意冷,可是他们的关系并没有因此变得亲近,她反而感觉到顾峥的逃避。她一直欺骗自己,他是一个有责任心的男人,既然答应了自己就会信守承诺。可是她真的还要自欺欺人吗?

"顾峥,你再想想,好不好?"

顾峥看着她痛楚的眼睛,深深点头。

余蓓蓓走出顾铮的房间,靠在墙上眼泪就涌了出来,想了想,掏出手机给苏瑾发了短信约她见面。

苏瑾先到一会儿,多年的职业习惯,要比约定的时间早到。所以,余蓓蓓来的时候,远远地看到了沐浴在午后阳光下的苏瑾,她正侧头看着窗外发呆,头发随意地披散下来,更衬着肌肤莹白透明,虽然素面朝天,清冷的气质令她特别出众。

余蓓蓓落座,淡淡一笑:"好久不见。"

苏瑾回她温暖笑容。她对余蓓蓓有种奇怪的感情,她不讨厌这个女孩,甚至对她充满好感,但她见到她时,会有一种没来由的自卑感。不是因为她的家境,而是她个性里的那份"任性",她没有勇气做的事,余蓓蓓却可以不顾一切。

"我一直觉得你会否极泰来。"余蓓蓓说,"以后有什么打算?"

"公司重组中,还要清理资产,核算……"

"我是说你和顾峥。"

苏瑾一怔。

"我向顾峥求婚,他答应了。"

苏瑾的心被撞了一下,艰涩地开口:"这很好。"

"你真的就这样放弃顾铮吗?"余蓓蓓说,"你明知道他自始至终喜欢的人都只有你。"

"蓓蓓……"

"真的,我很想要闭着眼睛跟他结婚算了!不去考虑他是否开心,是否真心愿意!"余蓓蓓困顿地说,"我想着结婚以后我们就搬家,换一个城市或者换一个国家!时光可以冲淡一切,也许有一天我们有了自己的孩子,他会彻底地放下你……"

余蓓蓓憧憬未来时,笑中带泪。

"蓓蓓……"

"我知道自己很傻!苏瑾,如果你不要他,我会一生珍视他,但请你考虑一下,这个男人他值得你爱,不管你因为什么理由拒绝他,但这一次都请你再认真地考虑一下。"

这么善良的余蓓蓓,令苏瑾万分内疚。

"蓓蓓,你听我说……"

"我不是伟大,苏瑾,你也不要伟大地把爱让来让去,顾峥是一个独立的人!他有血有肉,他知道他想要的是什么!而你,真的能放下他吗?这么多年我看着你们两个这样我真是着急,明明就是相爱的一对却要反反复复!你们不仅伤害了我们,还有你们自己。"

余蓓蓓继续说:"其实我有时候能够理解杨晏然。真的,苏瑾,他固然浑蛋,固然是卑鄙无耻,可你问问你自己,你真的有试图去了解他,有去想要走进他心里吗?他一定是累积了太多的失望,一定是因爱生恨!苏瑾,一个人拼命去追另一个人的时候真的好辛苦!痛苦得快要抓狂,却又舍不得放弃!"

苏瑾也曾想过杨晏然为什么这样对她,也许正如余蓓蓓说的,他累积了太多的失望。她一直回避着他的感情,他们哪里像是恋人,更多的只是工作伙伴。她害怕他提结婚,害怕他说甜言蜜语,每一次他亲近她,她只是小心翼翼地躲闪……

她一直觉得杨晏然对她感情不深,这是她对自己的催眠,明明他付出了所有,而她却只觉得把公司做大,才能弥补对他感情上的缺失。

"苏瑾,现在你和杨晏然的事已经解决,经历这么多你更应该知道顾峥对你的感情,不要再推开他了。而我也不要再做这个白日梦了!"余蓓蓓自嘲地笑了,"其实完全没有希望还好,一旦拥有反而患得患失,这几个月我并没有比之前过得快乐!所以算了,这一次我不仅要甩了他,还要悔婚,让他也得到点儿教训!"

话虽然如此说,但余蓓蓓的笑容却苦涩极了,她坐到苏瑾身边,抬手抱抱她:"你们俩别再互相折磨了!好好在一起吧。"

苏瑾由衷地说:"蓓蓓,你是我见过最好的女孩。"

"当然!"余蓓蓓笑了,"我得走了。"

苏瑾以为她赶时间,可是余蓓蓓接着说:"我打算去加拿大了。之前父母一直想要移民,他们在那边投资了一些项目,而我这几年只顾着自己的事儿,也没有管过他们。前几日我妈身体有些不适去了医院检查,还好没有太大的问题,我打算带着她一起去加拿大,我也要认真地做点儿事了。"

"顾峥知道吗?"

"我一直想跟他谈,内心还抱着渺茫的希望,直到今天看到他抱着那盆素馨睹物思人的样子,终于决定放弃。"余蓓蓓说,"你大约不知道,就因为你喜欢那花,所以他多年来一直养着素馨!他那个痴情样真是令人厌恶!"

苏瑾和余蓓蓓相视一笑。

此时余蓓蓓的手机微信提示音响了一下,她好笑地拿起来递给苏瑾看:"这个人其实还有点儿意思。"

苏瑾认得这个发微信过来的男人,他曾经是余蓓蓓的相亲对象。

"其实跟他聊天还挺有趣。"余蓓蓓说,"顾峥太闷了,一点儿也不可爱。"

跟苏瑾聊过以后,余蓓蓓的心情顿觉轻松。她知道她在准备求婚的时候也是希望用道德绑架顾峥,他都在众人面前答应她了,一定不会反悔,可是她觉得自己很卑鄙。这样跟顾峥过一辈子,他们谁都不会快乐,而且在漫长的等待后,她已经累了。

就这样吧,她在心里对自己说,她和顾峥之间彻底地结束了。

苏瑾接到助理的内线电话,说有位"肖琴"女士没有预约,但执意想要见她。

苏瑾一听立刻说:"请她进来吧!"

当肖琴被请进苏瑾办公室时,内心充满感慨,当年那个捧读《人类的群星闪耀时》的内向女孩,现在已经截然不同。之前刚刚走进他们公司就觉得讶异,真是大公司呀,装修气派,设施完善,员工恐怕有百人以上,个个都是精英模样,工作氛围也是严谨专业。她啧啧出声,没想到苏瑾会有这么大的本领,可以管理这么大一家公司。

肖琴看到此时的苏瑾,难免将她和当年那个沉默内向的女孩比较一番。现在的她变化很大,穿着灰色职业套装,翻出白衬衫领子,显得职业干练,而且三年多未见,苏瑾更显得自信优雅,用电视上学来的台词形容,那就是"气场很大"。

苏瑾完全蜕变,但她的眼神还是一如当年,很纯粹明亮。

"原来你的公司这么大?"肖琴由衷地说,"阿姨为你高兴。"

苏瑾请她坐下,亲自去倒了一杯茶递给她,其实她很紧张,不知道肖阿姨为何事而来。

"其实这家公司不是我的。"苏瑾坐到一旁,坦白地说,"我也只是KPCB的员工。"

"唉!"肖琴知道苏瑾案子的始末,痛惜地说,"要不是那个人,你也不用把公司卖掉。"

苏瑾垂了垂眼:"肖阿姨——"

"好了,不说那些不快的事。"肖琴放下茶杯,"阿姨今天给你带了些东西来。"

说着,肖琴拿出一个盒子,她一样样地把这些东西摆在苏瑾的面前。

苏瑾的眼眶湿了,有她十年前的笔记本,有她多年前的试卷,有她的借书证,还有冲印出来的他的照片,以及他们在一起时一起看过的电影票根,她送他的礼物……

没有想到他保留得这么好。

"我不明白三年前你们为什么分手。"肖琴说,"但我知道这三年来我儿子他一点儿也不开心。我也想着日子久了他就会想明白,可是他把一切都埋在心里。我真的很难过,不知道怎么帮他。前些日子他说要和蓓蓓结婚,我是真高兴呀!但是有天我把他的素馨花藏了起来,看他跑到外面垃圾桶那里找时,我就知道,我这儿子真是太痴情了!"

"肖阿姨。"苏瑾的眼里涌上泪来,她没有想到这三年顾峥一直不开心。

"蓓蓓说她要去加拿大了。她是个好姑娘,但跟我儿子是有缘无分,我也觉得不能委屈她……"肖琴叹口气,"她走了,峥子说航空公司派他去国外工作,我让许霖帮我打听,哪里是公司派的,是他自己申请的。"

苏瑾无言以对。

"帮我劝劝他。"肖琴拉住她的手,"如果你还喜欢他,就不要有顾虑了,两个人好好在一起。如果你不再喜欢我儿子,那也直截了当地告诉他,让他别再耗下去了。"

苏瑾在她的注视下艰涩地说:"肖阿姨,我没法答应你。"

肖琴一怔:"我们就他一个儿子,之前好不容易盼着他从上海调回来,现在又说要去国外,真是想想就发愁,难道你就不能看在过去的情分上帮帮阿姨?"

"如果这是他的决定,肖阿姨,让他去吧。"

"可是那么远,万一他有个头疼脑热,也没人照顾他。"

"肖阿姨,他不是孩子,他会照顾好自己。有时候沉默是最好的理解。"

肖琴有些意外,她没想到苏瑾会这样说。

"我想他真的累了。"苏瑾缓缓地说,"他并不想让你们看出他的不快乐,所以拼命地掩饰……我想顾峥他走开不是为了逃避,只是想要静静。"

肖琴很失望,她以为告诉苏瑾这个消息,她会不顾一切地留下儿子,这样有情人终成眷属。但苏瑾恐怕是对儿子已经没有情分了。

仿若知道肖琴怎样想的,苏瑾坦白地说:"肖阿姨,当年跟顾峥分手是因为我爱他!而现在我不去找他,也是因为爱。"

"那为何……"肖琴又看到希望。

"我还没有准备好。"苏瑾诚恳地说,"也许工作上我能果断决绝,但感情上我真的怕自己做得不好,会伤害到他。"

她把心中的顾虑告诉肖阿姨。目前她和杨晏然的事还没有解决,现在工作依然忙碌,若是复合也依然没有时间分给顾峥,更别谈照顾家了。她和KPCB签订的是十年的合同,而且合同里明确规定了前五年不能结婚生子,因为KPCB有野心,想要让她这间子公司在三年后能上市,为此他们注资大笔资金,从规模上也扩大了两倍,她要还给KPCB不仅仅是六千万,而是要挣更多更多钱来还给他们。

"十年呀——"肖琴意外地说,"这是十年的卖身契呀!你怎么会答应?"

"比起坐五年牢,这是最好的条件了。"苏瑾苦涩一笑,"我不想让顾峥等我十年,那不公平。"

现在的她松懈不得,而且还要更加小心谨慎,冷枪暗箭她都要应对,整个心思都会扑在工作上,和顾峥的感情,不是不想,而是顾不上。

而且她也不能辜负孟总,孟总斡旋此事是在KPCB立下军令状,如果她的业绩达不到,孟总也会受到牵连。当然她也知道孟总有私心,他想要借此扩张中国区的实力,以稳固自己在KPCB的地位。

于公于私,她都只能奋力一搏。

走的时候,肖琴下定决心地说:"小瑾,阿姨相信顾峥会等你的,你给他一个机会,好不好?"

苏瑾一时之间热泪盈眶,她以为在听到"十年"这个可怕的期限时,肖阿姨会让她去劝顾峥死心,但没想到她说出这样的话。

顾峥何其幸福,有宠他爱他理解他的父母,而她带给他的,却是伤害。

苏瑾在主持会议时接到弟弟发来的微信:那个女人死了。

苏瑾一怔,她缓缓地放下手机,站起身走到窗前,身后一屋子的人都诧异地望着她,等着她转身继续刚才的话题。

苏瑾的心情百感交集。李凤华害得她很苦,她恨了她多年,现在这个人离开人世,她反而没有一种释然的感觉。想想她的一生,多泼辣呀,可就是这样一个人,死的时候身边没有丈夫,没有儿子,孑然一身,她又争到了什么呢?

那几天苏瑾让弟弟住在她家,因为叔叔送李凤华回老家,办理她的丧事。

"她的家人不让她埋在老家,说她是个有罪的人,我只能买了个公墓。"叔叔回来后说,"以后清明定然没有人去看她,虽然她做错很多事,但她也是可怜的人。"

叔叔看了苏瑾一眼:"她最后那段时间被病痛折磨得很辛苦,身边也没有人照顾,这已经是老天对她的惩罚了。小瑾,你也别再记恨她了,放下过去的事,也是放过自己。你们的路还很长,好好地过日子吧。"

苏瑾一直觉得叔叔替李凤华说话是懦弱,可原来他活得很透彻:放下过去,也是放过自己。就是因为她对往事耿耿于怀,所以她失去了很多快乐。

5

莫小晚邀请苏瑾去爬山，一连约了好几个星期，苏瑾才得空同行。

"生活是生活，工作是工作。"莫小晚愤愤不平地说，"你总是只有工作，没有生活，这样完全没有人生乐趣了。"

苏瑾苦笑："莫小姐，我身上背着多少债呀，不还清我不心安。"

"反正一时半会儿也还不完，先及时行乐。"

等苏瑾和莫小晚到山脚的时候，遇到了陈白和顾峥。苏瑾和顾峥都是一惊，他们没有想到会遇到彼此，因为之前莫小晚说就是和她两个人，而陈白也是这样跟顾峥说的。

苏瑾和顾峥淡淡打了招呼，一旁的陈白说："其实今天我们四个人聚在一起，是有重要的事宣布。"

莫小晚甜蜜地依在他身边，她对陈白的态度比起之前的颐指气使，如今变得柔顺了很多。

"我跟小晚决定结婚了。"

苏瑾惊喜地望向他们："太好了，小晚，恭喜你们！"

"你是伴娘！"

"当然。"

"顾峥，你是伴郎。"

"你还有第二个选择吗？"

四人相视一笑，气氛变得轻松愉悦起来。

"我跟小晚商量过了，婚礼在六月，她说喜欢中式传统婚礼，到时候……"陈白絮絮叨叨地说着他和小晚对未来生活的规划，眼角眉梢都是欢喜。

一旁的莫小晚静静地望着他，没有打断她，也没有跟他针锋相对。这段时间她改变了很多，想想以前对陈白太任性了，仗着他的好欺负他，有时甚至一点儿情面也不给他留。经历了这场风波，她终于打破了对完美爱情的虚幻的想象，知道谁才是真正对她好的人，也学会了包容和珍惜。

人真的很奇怪，明明就已经喜欢上了，却又对对方失望，觉得他或者她有那么多缺点，然后放大了这种不满，导致了分手。

她就是个傻瓜，若不是陈白的坚持，她真的会错过此生的幸福。她现在已经看清了自己，也明白自己对赵铭是怎样的心情，反而没有恨了，她主动提出跟赵铭和解，他倒是很意外。她说撕掉那些画确实是她幼稚了，她也画画，明白心爱之作被毁是怎样的愤

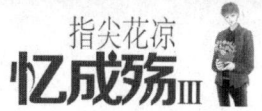

怒，她愿意给他赔偿。

对钱那么斤斤计较的陈白也说："不要跟这种烂人过多纠缠，要钱就给他算了。"

莫小晚当然知道他的心思，他是想自己能和赵铭彻底了断，但凭什么给他那么多钱呀！他认识她的时候在画廊做画师，一幅画只卖一千块。是她尽心尽力地帮助他，让他在事业上获得了成功。没想到这个人会过河拆桥。但她也不想过多去纠缠，就让陈白去协商最低赔偿。

最后协商后，莫小晚赔偿了赵铭二十万，这件事也就过去了。

他们四个人一路向前，山道并不崎岖，只是台阶很多，走了半日也是气喘吁吁。在半山腰一座寺庙前，他们停了下来。

这座寺庙只有一座大门，对开两扇，门顶上是厚重的宫殿式建筑，铺着琉璃瓦。在这山谷之间，这座寺庙显得肃穆庄严，此刻钟声传来，在山谷间回荡，更是令人生出一种敬畏之心。

在寺庙的旁边有一株榕树，应该有上百年历史，树冠浓荫，枝干苍劲，上面挂着很多许愿绳。

"既然来了，我们也许个愿吧！"陈白说着，朝寺里走去，莫小晚跟了上去。

留下苏瑾和顾峥站在树下，看那布条上美好的心愿。

"你都准备好了吧？"莫小晚悄悄地问陈白，又看向站在不远处的苏瑾和顾峥，觉得真像是一幅画，两人容貌出众，气质不凡，太般配了，不在一起简直天理不容。

"放心，老婆交代的事我自然会办妥。"

莫小晚娇嗔瞪他一眼："我还没嫁给你呢。"

看到苏瑾朝这边望过来，莫小晚赶紧别转面孔，假装没有看到。她希望苏瑾跟顾峥好好谈谈。

顾峥突然对苏瑾说："高考前我也去挂过一个许愿绳。"

苏瑾笑了："一定是希望自己考个好大学！"

"我对自己可有信心了。"顾峥也笑了，"倒是不放心你，怕你一时紧张临场发挥不好。结果，后来我才知道，那棵松树是姻缘树，只管姻缘的。"

苏瑾沉默一下道："肖阿姨来找过我，她说你申请到国外工作？"

顾峥凝视她："你会留我吗？"

"我不知道。"苏瑾很茫然，"这三年，我从来没有忘记过去，但顾峥，就算我们有感情，但一想到和你在一起，我就会开始害怕……"

"你在害怕什么？"顾峥逼视着她的眼睛，"因为太忙，因为害怕带给我麻烦，因为觉得会束缚我……对，我承认你说得都对！和你谈恋爱有时候真的很累，我有时候根本不知道你在想什么！每次好心想要帮你做什么反而弄巧成拙，惹你不高兴！每次以为只要守着你就好，可你却拼命地把我往你的心门之外推！你患得患失，害怕犹豫，是因为你太没有安全感了，你只信赖自己，只想要依靠自己，可是苏瑾，你试着放下所有，信任我，好不好？"

苏瑾的心悲伤极了，她知道他说得都对，可是她还是犹豫不决，裹足不前，她没有莫小晚，没有顾峥，没有陈白……他们身上那种爱的能力。她已经学会在命运面前荣辱不惊，却学不会对爱奋不顾身。

她理智、冷静，害怕有一天他们还是会分离，因为她给不了他幸福呀。

"顾峥，不要等我了……"苏瑾悲凉地说，"这不值得。"

顾峥突然情绪激动地握住她的手，牢牢攥在手里不肯松开："你为什么要做我的主？你凭什么来决定我的事？等不等你，等不等谁都是我自己的事！"

莫小晚恨不得冲过去，被陈白给拦了下来："再看看！"

"他们真是急死人呀！"莫小晚跺脚，"明明彼此喜欢，又蹉跎这么多时光。"

"说穿了，是苏瑾太绝情了！"

莫小晚瞪着他，几乎是咆哮地说："你再给我说一遍！"

"每一次她有事顾峥都不顾一切地帮她，结果呢？她还无动于衷，令人心寒！"

"陈白，你知道什么？"

"看吧，你们女人就是男人对你们再好，下一秒也会翻脸无情！"

莫小晚气得抬手推了他一把："你凭什么说苏瑾？"

"还动手打人了！"陈白跳开一步，不服地嚷嚷，"你真是太狠了！"

这边的争吵倒是打断了苏瑾和顾峥的僵局，他们转过身，看到那对怒目相向的情侣，有点儿摸不着头脑。

"怎么吵起来了？"顾峥问。

苏瑾赶紧过去，莫小晚和陈白互相瞪了一眼，然后收了声。

"刚刚不是还好好的？"苏瑾对小晚说，"别像个孩子了，动不动就生气。"

"他……"莫小晚咬咬唇，没好气地说，"我们走！"

四个人继续爬山，但气氛因为莫小晚和陈白的赌气而变成了低气压，大家都没有再说话，但谁也没有提出往回折返，就这样闷闷地一直朝前走。

等到了一个开阔地带，陈白把背包一放："不如休息一下再走。"

这一次莫小晚没有对着干，也附和着说："我也累了。"

苏瑾和莫小晚坐到一边，陈白讪讪地走过来，把背在自己身上的水壶打开递给莫小晚，对于他的示好，她接受了，接过水壶喝了一口。

陈白站到悬崖处，振臂大喊："我来了——"

山谷间也有悠远的一声"我来了"传过来。

陈白觉得有趣，对在一旁拍照的顾峥说："你也来试试。"

"幼稚！"顾峥白他一眼，"你自己玩吧！"

陈白不由分说地拉他过来："你看这里景色多美，苍松挺拔，青草葱翠，视野也开阔。"

顾峥看着远山处，那里笼罩着像轻纱一样的云雾，影影绰绰之间有几分仙境的感觉。

突然之间陈白不小心撞了一下，顾峥重心前倾，在苏瑾和莫小晚的尖叫声里朝悬崖摔了下去，幸好陈白眼疾手快地一把抓住了他的手腕，另外两人赶紧上前抓住陈白，不让他往下滑。

"撑住！"陈白急切地喊，"顾峥，这可是悬崖，掉下去会没命的！你一定要抓紧我！"

苏瑾惊慌失措，本能地冲到前面想要钩住顾峥的手，可是她已经探出大半个身体，都没有握住顾峥的手，只看到前面万丈深渊，急得眼泪横飞："顾峥，你抓紧！"

"我快没力气了！"陈白在喊，"莫小晚，报警，你报警呀！"

"你傻呀！"莫小晚劈头盖脸地骂过去，"等警察来了，还救得回顾峥吗？"

顾峥没有依托，完全使不上力气，他想要抓住悬崖边的东西，但只有土块，根本握不住，在短暂的观察后他沉着地说："陈白，松手吧。再这样会把你们也拽下来。"

"不要……"苏瑾泪如雨下，"不要松开！顾峥，我要和你在一起！我一直都想跟你说，我不想分手，不想离开你！我不是工作狂，我只是害怕自己有一天会让你失望，然后你不再爱我，会离开我！顾峥，我很害怕，很脆弱，所以请你让我依靠！请你等我改变自己，好不好？"

这一番话感动了另外三个人。

"苏瑾，你有什么话就说吧……"陈白急切地说，"我真的撑不住了！"

苏瑾哭喊着："顾峥，我爱你！爱你呀！"

"还有呢？"陈白追问道，"还有什么要说？"

莫小晚在他身后拍了他一巴掌："差不多就行了！"

苏瑾泪眼婆娑地望着他们，然后看到莫小晚在陈白的腰间套了一根救生绳，而另一端就是旁边的松树，因为刚才慌乱她并没有注意到那个瞬间莫小晚的举动。而且他们专门挑选的这一处地势，从上面看是悬崖，但下面就是平台，并不高，而且莫小晚他们还在头一天已经铺上了救生垫，以避免出现危险。

"快拉他上来呀！"莫小晚说。

苏瑾像傻了一般呆在那里，看陈白很轻松地将顾峥给拉了上来，她终于明白，刚才的那一幕是他们合起来演戏，又气又恼又后怕，站起身就要走。

从悬崖上上来的顾峥不管不顾地死死抱住她："你刚才说什么？"

"你们怎么可以这样？"

"我保证我跟他们不是一伙的！"

"为了怕他穿帮，顾峥真的不知情。"陈白得意地笑了，"我就说这一招准行，生死之际，连苏瑾都能真情流露！"

"你闭嘴！"莫小晚拽着他，"这里没有你的事了，还不赶紧撤！"

"得嘞！"陈白屁颠屁颠地跟着莫小晚下山，离开之前他冲顾峥比了一个成功的手势。

苏瑾不想再抗拒了，刚才那一刻她觉得什么都不重要了，只要能和顾峥在一起，那些顾虑都很牵强，即使有一天他们会分手，但现在她也要真实地面对自己的内心。她贴着顾峥的胸口，静静地听着他强有力的心跳，幸福地闭上了眼睛。

这样真好，什么都不用想，只是这样待着，就已经满心甜蜜。

她浪费了很多时间，但兜兜转转，原来这个人一直守护在她身边，不离不弃。

第11章 我会一直等

6

莫小晚给苏瑾挑选了一条一字肩的白色礼服,过膝的蓬蓬裙让平日里都是职业装的苏瑾多了一丝俏皮可爱,也妩媚了许多。

莫小晚扶着苏瑾的肩推到镜子前,哇哇大叫:"真是美呆了!我想你一会儿出去,一定会让顾峥目瞪口呆。"

苏瑾娇羞地笑了,她从未如此打扮过,连自己都有些不适应。

今天她来陪小晚试婚纱,也顺便试穿伴娘服,顾峥也被陈白喊了过来。她觉得像做梦一样,时光已经过了这么多年,小晚都要出嫁了。

正说着,莫小晚的手机有视频请求,她看到上面余蓓蓓的名字,笑了起来:"跟她说了我今天试穿婚纱,非说要直击现场。"

说着,莫小晚接通了视频,又将镜头对着苏瑾,得意扬扬地说:"我伴娘。"

"苏瑾,"余蓓蓓与她打招呼,"你们都好吗?"

苏瑾点点头:"还不错,你呢?"

"我们也不错!"正说着,一个大脑袋挤进画面。

莫小晚笑了:"那个二世祖追到加拿大去了呀?"

"我有名字,"秦棋不满地嚷嚷,"秦棋,是余蓓蓓的准男朋友。"

余蓓蓓推开他,不满地说:"别嘚瑟了,你距离转正还有十万八千里。"

"蓓蓓,我婚礼你能赶回来吗?"

"回!当然回来!"余蓓蓓说,"好歹咱们也相识一场,你的婚礼怎么能错过。不过婚纱不怎么漂亮……"

她的话音还没有落下,莫小晚已经不由分说挂了视频通话:"谁想要听她的点评,我自己喜欢就好。"

苏瑾望着满脸幸福的莫小晚,由衷地为她高兴。

"走吧——"

莫小晚抬起手臂,苏瑾挽住她的胳膊。幕帘被打开,她们携手缓缓朝外走,等在外面的两个人不由得抬起头来,目光里全是惊艳。

"不如一起结婚吧。"陈白用手肘撞了撞顾峥。

"她签了协议,五年内不能结婚。"

陈白不由得看他一眼:"你同意?"

"五年而已,我当然等。"

陈白和顾峥朝着她们迎上去，各自牵住心爱的人的手，幸福地笑了。

　　黄昏将至，整个城市被余晖笼罩，显现出一种奇特的璀璨，当人们抬头的时候，会不由得停下来，这火烧云的景色真美呀！云层仿佛在夕阳中被燃烧，呈现一种未知的神秘。

　　也许就像命运吧，我们永远也不知道未来会经历些什么，但这一刻我们真实地哭，真实地笑，选择想要选择的，放弃本该丢弃的，带着对爱的敬畏和执着，一路走下去……必然会幸福。

——本季完——

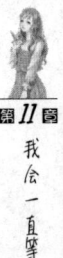

意林·轻文库崭新策划浪漫花语古风大系列

{十二花语巧隐暗喻，十二少女绝技傍身}

浪漫异想古风作者
冷胭
完美力作

开启一段惊心动魄
向死而生的壮阔历史！

白茶篇：凰命难违 ①
十二花信
霓裳风华录

一次命运的奇异交织
一场力量的神秘对决
**冒牌千金斗破苍穹
演绎另类红颜传奇**

她宛若白茶花
外在灵动，内在慧黠
假冒将军之女入宫伴驾

◆欲携神秘力量◆
助失宠皇子重回巅峰

热卖分享价：26.80元

随书附赠：
雅致婉约
【十二花词·白茶 花词卡】一张
（后续每本均有，具有收藏价值）

她假冒将军之女入宫伴驾，出现在失宠皇子慕容峻的身边，只为把他那支离破碎的灰暗人生重新塑造！怎奈朝堂上冷箭难防，她迫于情势不得不嫁给慕容峻为妻，却要闯过重重关卡，方能入住王府，更有潜伏的各方势力趁着他们洞房花烛夜伺机而动……

重磅打造华丽的瑰梦！
意林·轻文库心动策划 星梦男神系列
十二款超梦幻花样美男，款款悸动你的心！
/闪/耀/新/作/
天秤座男友
观花魅影①
超值收藏价
25.90元
随书附赠：珍藏版“十二星梦男神卡”之天秤座一张（双面）
他温和、内敛，将满心爱意深藏。
他是优雅神秘的天秤座，扣动你的心弦！
他风度翩翩，对一切事情漠不关心，
然而当遇到充满正义感的少女辛安，
他打破了所有的信条和准则，
却不知道这让他们卷入了一场致命的阴谋之中……
已上市：
《巨蟹座男友·八音霓裳①》
即将出版：
《水瓶座男友·仲夏骊歌》
《射手座男友·绮罗星辰》
《双子座男友·命运指轮》
《狮子座男友·太阳青穹》
（书名以实际为准）

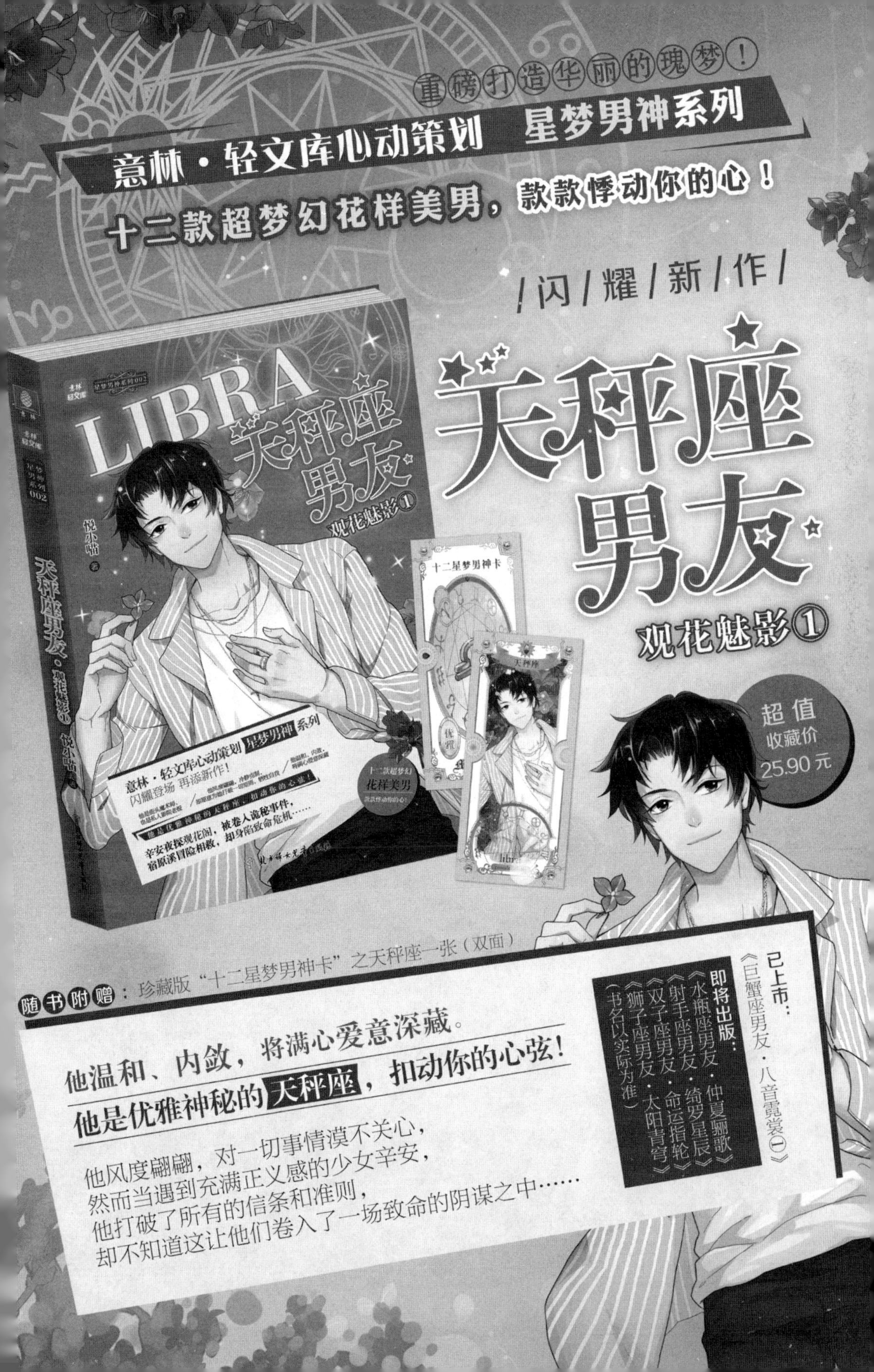

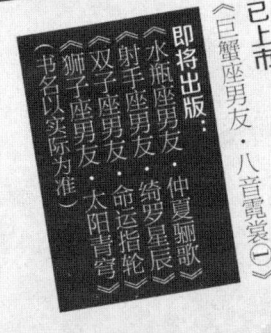